U0109814

三百六十分 多面人

旅德女作家黃雨欣作品集——散文卷

作者定居德國多年，對周遭事物的細微觀察與思考，在本書一一道來。

前言

三百六十分多面人

　　婚姻像围城一说已是老生常谈，本人在同一个城堡里摸爬滚打了一十五载，可谓苦乐参半。到目前为止，即使在城中曾经濒临弹尽粮绝的艰难时刻，也从未动过突围的念头，因为这座城堡是我们在尚不明确婚姻是「围城」还是「天堂」的时候，就像燕子衔泥垒窝一样一沙一石修筑的，不管它在外人眼里辉煌也好，破败也罢，总是揉进了我们共同的心血和汗水。城堡里的两个主人经常是一个城外狩猎，一个城里牧羊，这时虽天各一方却心有灵犀，遇到他人驾临城下，总是「朋友来了有好酒，若是那豺狼来了，迎接它的是猎枪」。

　　这个时代，我们面对的生活是多姿多彩的，婚姻的内容和实质也不可能总是一成不变，面对这些，现代人当然不能囿于一种角色的干熬苦耗，应该具有随遇而安的超脱，同时也要具备随机应变的灵活。我梦想中的婚姻境界是：如果婚姻是大海，我就是那海里跳跃的游鱼；如果婚姻是蓝天，我就是那天空自由的飞鸟，哪怕婚姻只是一根木头，我就是那立志用它撬动地球的阿基米德。即使婚姻是城堡，城里的我们就是这个城堡里劳苦功高的创造者和心安理得的拥有者，婚姻的城池需要靠责任和多年相濡以沫培植的亲情来固守，而不是形式上形影

不离的羁绊与牵制。如果城堡里的人都有能力释放自己的同时保持心灵的自由，又何需左突右冲劳民伤财地围城又破城？也就是说，在婚姻中，除了你自己没人能真正围困得了你。

丈夫工作的性质使我们多年来聚少离多，相聚的日子我会以他为轴心，心甘情愿地做他身后的女人。因为我知道也许不出两个月，我又会恢复一家之主的地位，在属于自己的天空随心所欲地呼风唤雨。曾有朋友戏称我是婚姻的两面手，实际上，在现实得不能再现实的婚姻中，两面手已经远远落伍，多了不论，单看这一上午的六个小时里，我已不由自主地变换了许多个面孔：

两岁的小女儿生物钟简直比石英表还准，在霸占了爸爸的位置，翻跟头折把式地酣睡了一夜后，早晨7：30准时睁开了她那双毛茸茸亮晶晶的黑眼睛。此时，她并不急于吵醒身边的妈妈，而是自己扳脚丫摆手指咿咿呀呀地自得其乐。等玩腻了，又开始在妈妈仍然睡意阑珊的脸上大作文章，用她稚嫩的小手指一会儿捅捅妈妈似睁非睁的眼睛，一会儿又捏住妈妈的鼻孔，直到把她充满奶味的小嘴凑上来，把妈妈亲得满脸湿漉漉⋯⋯这时，我显然已无法贪恋被窝的温暖，只好一骨碌爬起来，看看表，时针已指向8：00，这一天里紧张充实的多面人生活正式开始了。

先是关照大妞上学前的早餐，然后再把笑模笑样的小妞从大床上拎起来，动作迅速地扒掉她的睡衣睡裤，再然后是换尿片、为她洗脸更衣、热牛奶⋯⋯半个小时真像箭一样，「嗖」的一声就飞将过去，这时的我真是一个十足的孩儿她妈。在一

不留神热过头的牛奶里加几勺多维麦片，放在一旁先晾着，顺手塞给小姐一个她喜欢的玩具以转移注意力，她就一扭一扭地跑到沙发上玩去了。这时，我从冰箱里拎出一只老汤鸡，放在砧板上，心狠手辣地手起刀落，将之剁成几大块扔进汤锅里，洒调料、大火煮、小火煲，为一家人补充当天的能量做准备。大姐正值青春发育期，学习任务重、课外活动多，营养跟不上怎么行？还有出门在外满天飞的老公，为挣全家的面包脑力体力高度消耗，体内所需的蛋白质得充分保证。这厨房里叮叮当当的二十分钟证明我还算是一个称职的家庭「煮」妇。

回头摸摸奶瓶，温度恰好适中，此时小姐已将玩具丢在一旁，开始把我书架上她能够得到的宝贝藏书一本本拽出来扔在地上用脚踩。我一把将她提起揽在怀里，将奶瓶塞进她的小嘴，抱着她靠在沙发里权当休息。

「滴铃铃……」还没等喘上一口大气，又接到小妹从国内打来的电话，她说：「老爸让我问你，今年大姐的秋假回国吗？」我答：「是准备回去的，但大姐假期只有两个星期，我可能没空回老家看爸了。」小妹不甘心地又问：「一个周末的时间都空不出来吗？乘飞机不过一个半小时，去年老爸去北京看你们，今年你就不能抽空回来看看他？」我说：「看情况吧，能回我一定回……」我就这样左手揽着吃奶的小姐，右手举着话筒和小妹纠缠，此时，我既是女儿依赖的慈母又是小妹撒娇的长姐，还是老父牵挂的爱女。

放下小妹的电话，小姐已将整瓶牛奶喝下，她从我怀里挣开，自己打开了电视机的开关，又跑回沙发里，等候天线宝宝

（Teletabis）的出现，我把频道给她调准，此时9：00已过，朋友们已经该起床的起床，该上班的上班。一会儿，电话开始繁忙起来，有约我去采访艺术作品展览会的，我满口应承：「我去，我去，一定去，到时我们再联系。」然后是我打给作者催讨稿件，下期的报纸快出版了，提前组些稿子心里有底。这时，我是忙碌的记者兼编辑，每期报纸出版后读者或褒或贬的反馈，就是对我们笔耕的肯定。

不知不觉，一个小时又倏然而过，肚子咕咕地抗议着，方想起忙到现在早饭还没来得及吃，此时厨房里浓香四溢，鸡汤早已煲好，我扯出一把面条扔进汤锅，煮一碗鸡汤挂面犒劳自己。这边我正细嚼慢咽着，那边的小妞早已等得不耐烦，但见她双手各拿一只小鞋端坐在大门口，只等我放下碗筷带她出去玩。吃过早饭，已快11点，我刚一穿外衣，小妞就开始雀跃着欢叫：「走走，去外外！」

正推着小妞散步呢，手机又响了起来，是我们的房屋建筑师从工地打来的，欲同我们就一些建房的具体问题进行商讨，我忙对着电话说：「请您稍等，我马上过去！」接着又立刻打电话请来我们热心的朋友，那是一对儿对房屋建筑颇懂行的德国夫妇，我们约好了在工地见面，然后我就用童车推着妞妞径直奔向三站地外的新房址。经过一个多小时的商谈，双方终于又进一步在某些细节上达成了共识，此时，我就是这个家庭的外交官。

从工地回来的路上，妞妞已含着水瓶歪在童车里睡着了，我把她安顿在小床里，又刻不容缓地打开电脑，利用这

难得的安静时光，整理昨天夜里的涂鸦之作，以普通作者的身份通过电子信箱四下散发出去，做完这些，见妞妞仍在酣睡，就索性将这一上午快马加鞭的经历总结成这篇小文，此时已是下午2：00。

从起床到现在整整六个小时匆匆而过，在这短短的三百六十分钟的时间里，我身不由己地不断变换着生活的角色，等大妞放学、小妞醒来、老公下班、亲友来访、文友来电……还有更多数不胜数的角色在等着我。

其实，婚姻生活中我们每个人都是如此，每天用多面的角色变幻出不同的身份，来应对并享受着多姿多彩的人生。

注：这是二〇〇四年草就的一篇短文，以此作为本书的序言。

目次
CONTENTS

63　辑二　德国日志

113 辑三　生活杂感

辑一

德国观察

柏林地铁亲历记

初到柏林时，感触最深的就是那密密匝匝的铁路网。我常常踯躅于地铁站台，面对四通八达的铁路通道，不知何去何从，生怕一旦钻进去，便如入迷宫一样再也钻不出来。然而，事情证明，我的担心是多余的。虽然每一个地铁站台都有无数个出口、入口，但不管你从哪里进去，每走几步都会遇到一个指示牌，上面详细地标着经过本站的各路地铁和公共汽车以及他们行进的方向。你只需知道自己要去哪里，该乘哪班车，然后按照牌上箭头所指的方向走就是。如果你连该乘什么车都不知道，那也不必紧张，因为几乎每一个地铁站都设有资讯服务部门，穿制服的工作人员在站台里随处可见，你可以任意问询他们当中的一员，只要你能报出你所要前往的地名，他们便会告诉你该乘什么车，然后指给你一个准确的方向。除此之外，每辆车的车厢里都贴有全柏林的地铁交通图，你只需抬眼一望就可知自己将如何换车，常见到乘客们人手一份缩小十几倍的交通图，那是为方便乘客，资讯台免费提供的。到柏林没几天，我居然能凭着手里的交通图指哪打哪了，虽然有时也发生南辕北辙的笑话，可向来方位概念差劲的我竟然也能及时醒悟，并按图索骥地返回原路，真得归功于柏林地铁这种便利的交通方式。

柏林地铁还有一个非常突出的优点就是间隔时间短，通常几分钟就通过一列。所以，即使是上下班的高峰期，也很少见

到没有座位的，平时总能遇到这种情形：偌大的车厢里只有三两名乘客。

就算热衷于频繁更换豪华轿车的人，如今也认为出门最重要的已不是开辆什么车，而是最好有一张交通月票。因为，无论从哪方面考虑，乘坐地铁都比自己开车方便、经济得多。手中拥有一张月票，可以凭着它见车就上，中途随意换车。而自己开车就麻烦多了，且不说那些种类繁多的苛捐杂税，光是保险、汽油就是一笔数量可观的开销，有时几天的停车费下来就够买一张市内交通月票的了，这还没算上停车超时或停错地方被警察罚款。所以，柏林人即便是自己有车，兜里还是少不了交通月票，更多的是双管齐下。我的邻居约丹早晨去公司上班时，把车开到亚历山大广场，然后乘十几分钟地铁。他告诉我两个不直接开车去公司的原因：一是公司附近的停车场每半时一马克，一天下来少说也要二十几马克，而亚历山大地铁站的停车场却是免费的；其二是自己开车上班要经过几段繁华区，那里经常塞车，这样一来，别说十几分钟，有时一两个小时也难赶到公司。

亚历山大广场原是东柏林的市中心，而今在柏林的交通图上不过是偏城东的一个大站而已，从我住的地方就能看到那座世界着名的电视塔耸立于广场正中直刺蓝天。再看看我手上的交通图，我距那里才两个厘米。于是，我头脑一热，竟跨上变速赛车直奔那诱人的目标而去。孰料，我马不停蹄地足足蹬了两个小时才达到目的地，却根本来不及攀塔俯瞰柏林了，因为此时已经到了去幼稚园接女儿的时间，可我却再没有回程的时

间和体力，只好拖着赛车狼狈地钻进地铁，好在车厢里允许带自行车并专门开设了存放的位置。果然，十几分钟后，我按时接回了女儿，有了这次教训，从此我再不敢以我区区之体力与这现代化的交通较劲了。

一位朋友曾向我抱怨：「柏林地铁固然方便，可无论干什么去都是在地底下钻来钻去的，来这一年多了，还不知柏林究竟是什么样！」对此，我也深有同感，常常是想去哪里就钻进地铁，虽然车厢里灯火通明，可窗外却是黑咕隆咚，什么景致也看不到，等再从地底下钻出来时，差不多就到达目的地了，哪有机会浏览市貌风情呢？经常如是，难免乏味。一次周末，在去使馆留学生活动中心的途中，我突发奇想，这回偏不乘地铁，而去乘双层大巴。上车后，我有意选了一个楼上最前排的座位，透过面前明亮的大玻璃窗，街道两旁的景致尽收眼底。大巴士晃晃悠悠不紧不慢地行驶在宽阔的马路上，来柏林几个月来，我还是第一次领略这欧洲文化氛围浓郁的都市风光，沿途所见无不令我欣喜和兴奋。那气势磅礴的博兰登堡门，凝重庄严的圣母大教堂、藏龙卧虎的洪堡校园、君临下届的胜利女神都令我叹为观止。直到巴士晃到了终点，我仍意犹未尽，看看手中的交通图，还有一大段路需要走，索性换乘另一辆大巴继续晃，等晃到地方时，已是下午五点了，活动中心早已经结束了活动，我自然也就什么事都没办成。取道回府时，再不敢恋景，还是钻地铁为上策。

一九九四年八月于德国柏林

史达林的耳朵

柏林有一条宽阔的主街道名为「卡尔・马克思大道」，这条笔直繁华的街道在柏林墙还未倒时是用前苏联另一位伟人的名字命名的，被称作「史达林大道」，一尊史达林的巨型铜像就栩栩如生地屹立在大道最醒目的位置，威严冷峻地审视着这方被他踏在脚下的德意志国土。直到一九六一年，史达林的铁腕政治被他的接班人赫鲁雪夫全盘否定，甚至连葬身之地都没给他存留。作为苏联老大哥铁杆跟随者的德意志民主人民共和国（前东德）当然不甘落后，发动群众一举捣毁了这位伟人的铜像，这个史达林在世时权力与主义的象征在狂热的政治感召下，顷刻间变成了一堆废铜烂铁，这条主街道的名字也随之改称「卡尔・马克思大道」。

当年，在拆毁铜像的人群里，一位工人不知是出于对史达林这个曾经是一手遮天伟人的敬畏，还是对这尊巨型艺术品被人为毁坏的惋惜，他费尽心机地试图从铜像上寻找一些完整的部位留作纪念，终于，他得到一个机会，于是趁乱偷偷拔下了铜像上史达林的胡子和一只耳朵，多年来一直妥为珍藏。政治家们的是非功过随着时代的变迁，已成为社会发展的历史，当年所留下的一切便成了珍贵的历史文物，老工人冒着政治风险保存下来的胡子和耳朵更成了有关史达林的稀有遗物，这是当初人们疯狂地捣毁铜像时所不曾想到的。

　　几年前，这两件弥足珍贵的宝贝终于在柏林一家展览馆重见天日，当时，前来瞻仰参观的人络绎不绝，大家望着史达林这只铜耳朵惊叹不已，因为光看耳朵就已经巨大无比了，对于整尊雕像雷神一样的铜骨风貌，后辈人是无论如何也想像不出的。和这只耳朵主人同时代的人显然已经是耄耋老者了，他们遵循记忆的足迹缅怀逝去的年代感慨万千。

　　然而，出人意料的是，这只沉重的铜耳朵在展出时竟然不翼而飞了，虽经多方调查搜索，可至今下落不明。震惊之余，展览的主办者不敢怠慢，赶紧把史达林的胡子从展厅撤下，藏在一个鲜为人知的可靠之处，以免史达林这个仅存的遗物说不定什么时候，被那些手眼通天的神秘人物盗走。也许若干年之后，这宗离奇的展览馆失窃事件也会像老工人当年收存铜耳朵和胡子一样，成为史学家研究的话题。

大明星的「时尚话题」

迪特—波伦作为德国一家名叫「时尚话题」唱片公司的着名歌手，在普通百姓眼中可谓是大明星。波伦的歌迷们都知道，他的出名并不仅仅缘于他的歌声迷人，他酷酷的外貌和他连绵不断的绯闻，都是娱乐媒体追踪轰炸的目标。

近来，波伦无意中又为媒体制造了一个爆炸性新闻，不过作为新闻的主角，波伦这回所扮演的角色却不像以往那样春风得意，他由大众情人的形象摇身一变，成了非法私藏武器的嫌犯，颇出乎歌迷们的预料。而他的新同居女友深夜赤身裸体地在花园中狂奔的一幕，更成了人们街谈巷议的话题。

事件的发生还得追溯到一个十八岁小女孩的错误报警，这个女孩名叫桑德拉，她既是波伦的歌迷也是一个十足的网迷，几乎每天她都要在网上度过一段令人兴奋的时光，通过上网聊天，她结识了许多网友，其中有个自称是波伦儿子的「少年」，得到了桑德拉的青睐，很快他们就在网上打得火热。事发的当天夜里，桑德拉在网上又遇到了「波伦的儿子」，他和桑德拉聊着聊着话题就走了板，竟信口开河地声称自己身患重病，正只身躺在父亲的别墅中等待救助。天真善良的桑德拉信以为真，立刻拨打了报警电话。警察得到消息也不敢怠慢，迅速组织救援力量赶到波伦的别墅。当时波伦和年仅二十三岁的女友鸳梦正酣，忽被闯入家中的不速之客打断，他们哪里知道

发生在网路这个虚拟世界里的故事，还以为遇到了强盗劫匪，情急之下波伦摸出手枪一通狂射，然后胡乱套上T恤越窗逃跑。他的女友更是受到了惊吓，衣服都来不及穿，赤身裸体地穿过花园，狂奔到邻家别墅高呼救命。一心要救助心中偶像之子的桑德拉，无论如何也没想到，她的热情反而给她的偶像带来了意想不到的麻烦，她正为自己由于天真而酿成的大错而自责，追悔莫及地乞求波伦的宽恕。

　　真相大白之后，虽然只是一场虚惊，事件却并未到此结束，当中牵扯到的人物都得为此付出了代价：少女桑德拉正被警方起诉滥用报警电话，大明星波伦也因私藏武器的嫌疑接受监察机关的调查，只有波伦那位网上莫须有的「儿子」无从查考，从此成了悬念……

爱情的「核武器」

德国姑娘萝茜在例行体检后大吃一惊，医生告知她体内竟然含有剧毒放射性核元素，而且她所遭受的辐射量已经是远远超出正常值的十倍以上，惊恐之下，萝茜慌忙报警求救。

警方接到报案后不敢怠慢，迅速展开侦破工作，经调查，初步排除了萝茜本人在工作和社会活动中遭受核辐射的可能性，最后他们把调查的重点放在了萝茜的日常生活中。不出所料，经过周密的化验检查，果然在萝茜的被褥上和冰箱里发现了大量的高纯度核元素，很显然，这是一起性质极度恶劣的投毒谋杀案。

那么，谁是凶手呢？

这时，一个熟悉的身影闪现在萝茜的眼前，他就是和萝茜分手不久的前同居男友麦萨。麦萨在一家核工厂任职，萝茜和他长期生活在一起，他们虽然没有正式结婚，但在外人眼里却俨然是一对准夫妻了。一度麦萨因艳遇经常彻夜不归，萝茜大怒之下将麦萨赶出了家门。后来，麦萨的艳遇没能持续下去，回心转意的麦萨曾苦苦哀求萝茜重新接纳他，但是遭到了拒绝。

莫非真的是他？

很快，警方就按照萝茜提供的线索传讯了这个嫌疑人，并在麦萨的住处搜查出了作案用的防毒工作衣和他自配的萝茜房间钥匙。在确凿的证据面前，麦萨对自己的罪行供认不讳。

　　因麦萨感情出轨，萝茜断然与他分手后，麦萨心里一直愤愤不平，最后竟想出用危害性极强的「核武器」对恋人进行疯狂报复。于是，他利用工作之便从公司里偷取高纯度核元素，趁萝茜外出时潜入她的住所，在防毒服的保护下，将核元素散播在萝茜的床铺上和冰箱里。可怜的萝茜，从那以后就一直在重度核辐射的环境下生存，自己还懵然不知。

　　这宗离奇案件是德国司法历史上首宗以放射性同位素为首要物证的案件。同时，麦萨也成为将「核武器」用于爱情战争的第一恶人。

草木皆兵

二〇〇一年九月十一日，美国发生了举世震惊的恐怖分子驾机撞楼事件，两幢曾经令美国骄傲的金融大厦顷刻间化为灰烬，就连他们国家政权象征的五角大楼也被飞机冲开了一角。也许因为恐怖成员之一是来自德国汉堡大学的一名穆斯林学生，继美国九·一一事件之后，号称德国心脏的柏林，虽然表面上还是一派太平盛世，实际上警察们的紧张神经至今不敢放松，他们好像就潜伏在我们周围，随时都会冒出来和他们认为可能是恐怖分子的人纠缠不休，那份一丝不苟的敬业精神着实令人钦佩，可那一惊一诈草木皆兵的劲头有时也让人啼笑皆非。

某日傍晚，侨居柏林的 L 女士和往常一样吃过晚饭去散步，当走到离家不远处的林荫小路时，突然从路边一辆汽车里跳出两个彪形大汉拦住去路，他们把手里的卡片向 L 女士一晃，并声称是便衣警察，要检查 L 女士的护照及居住证明。L 女士解释说，她只是饭后散步至此，出门时没想到要把那些重要文件带在身上。大汉说：「那好，我们随你回家取！」接着不由分说就把 L 女士往车上拽。L 女士被这阵势吓坏了，以为是遇到了劫匪，她死死抱住一棵大树不撒手，连声惊呼救命。她的喊声还真引来了巡逻警车，穿制服的警察和没穿制服的「劫匪」一见面就握手言欢，L 女士见他们果然是

同事关系，才长吁了一口气，放心地带他们回家查看证件，警民双方都是虚惊一场。事后 L 女士不满地说：「什么眼光呀，我这模样像恐怖分子吗？我看他们一脸横肉的才像呢，莫非欺负我是外国人？」

其实，L 女士是冤枉尽职尽责的德国警察了，为了维护国家的和平环境，他们的注意力不只集中在外国人身上，为人忠厚的维勒先生可是地地道道的德国人，也同样经历了被警察盘查的窘境。那天，维勒先生和医生约好去医院例行体检，临行前，小女儿让爸爸帮着把她积攒的硬币存进银行。为了在银行清点方便，维勒先生事先用银行提供的硬币专用包装纸将硬币分门别类地包成几卷，放进了公事包里，他打算看完医生就去银行。也许医院的哪个角落里藏有监测系统吧，只见便衣们准确无误地拦住了维勒先生，将他带至一个僻静处，命令他自己将包打开。就在维勒先生打开拉链的霎那，便衣们动作敏捷地四下散开卧倒在地，就等纸卷里发出的那声爆响了。遗憾的是，那一卷卷硬币静静地躺在包里，什么惊世骇俗的声音都没发出来。

一年一度九·一一，这个特殊日子的前后往往接近中国传统的中秋节，在这难得的月圆明月夜里，和朋友相邀夜晚出游赏月的途中，总能见到柏林的街头，一轮金黄的明月下，到处穿梭着装备精良的警车，看来多年前的那撼人魂魄的爆炸声至今仍回荡在人们的心头，冲击着我们赏月的雅兴。

怪招促销

耶诞节后，在德国奥尔登堡市的一家时装店里，你会看到这样可笑的一幕：顾客们纷纷拿着刚选好的服装，一个接一个地来到营业员面前，他们先不忙着掏出钱包结帐付款，而是猛地双手撑地、大头朝下地来上一段难度颇高的倒立动作。其中一位老者已是六十四岁的高龄，仍不服输地做着这项「体育表演」，还有一个顽皮的金发男孩也不甘示弱地随着他年轻的父母一遍遍地尝试着……他们当中虽然表演的水平参差不齐，然而看得出来，大家都尽了自己最大的努力一丝不苟地来完成这个规定动作，无论男女老少都力求完美。莫非时装店改成了体操馆，顾客们都是体操爱好者，而该营业员是体操教练不成？

遗憾的是我们都没有猜对，实话告诉你吧，原来这不过是德国商家为促销积压品搅尽脑汁想出的又一怪招数：凡是来到这家时装店购物的顾客，无论是谁，付款时只要能在该店营业员面前如此这般地做上一个倒立的动作，就会立刻得到二十欧元的折扣。「倒立大拍卖」的促销方案在当地报纸上一经刊出，就引发了怪招消费者们的浓厚兴趣，十二月二十七日耶诞节后开门营业的第一天，他们就迫不及待地赶来参加「表演」了。第二天是星期六，「倒立购物」的回应者更是络绎不绝，有的全家出动，只需每人做个倒立，就可以一下子拿到几十欧元的折扣，算下来，也许一件上好的时装就算偏得了。

　　德国由马克到欧元的币制转换一年来，欧元这一新型货币从德国人心目中欧洲统一的象征逐渐成了「贵元」，过去的二马克只合一欧元，使看上去原本鼓鼓的钱包一夜之间就缩水了一半，然而与此相对应的物价却没有同时降下一半来，因为发财心切的商家们纷纷借此机会在标价上大作文章，有的索性将马克的标识直接换成欧元，不动声色地就涨价了百分之一百，真是机关算尽太聪明！然而消费者也不是任人宰割的羔羊，当人们意识到欧元不经花的时候，都不约而同地捂紧了腰包，使市场购买力前所未有的低落，进而造成了德国商品销售行业的危机，使大量商品滞销积压。于是，急于将积压商品脱手的商家们纷纷想出各种招数促进行销活动，联邦司法部也不失时机地取消反不正当竞争法中的某些限制条款，为八仙过海的促销活动大开绿灯，使一些过去闻所未闻的奇招怪招纷纷出笼。比如今年夏季发生在南德某城市的「裸体购衣」，当时规定凡是敢于裸体进店的顾客，出来时穿上店里的任何衣物都是免费的，内衣也不例外，拿在手里的和不敢或不愿赤身裸体购物的顾客要原价照付。还有在一些大城市里经常遇到的「孩童优惠法」，规定给多少岁以下的孩子打相应的折扣，以照顾小顾客的名义大掏家长的腰包，从此家长出门购物时还得多一项工作：别忘了带上用来为孩子验明正身的出生证！

　　显然，如果德国政府不解决经济危机的根本问题，不管挖掘多少离奇怪诞的促销招数，也总有黔驴技穷的时候。

家长会上的「嘉宾」

「海尔先生，我认为您实在是个不称职的体育老师。大热的天，孩子们跑得气喘嘘嘘，您自己呢？却骑着自行车悠哉游哉地跟在后面，这样未免太过分了！」

「还有您，爱玛小姐，虽然孩子们对您的印象很好，可您的音乐课像个大市场，这样没有规矩怎么行？」

……

如此直接了当的指责并不是校长大人在向老师们训话，而是我女儿他们班级的小学生家长会上，家长们在轮番向任课老师表达自己对教学方式的不满。

在德国的学校里，如果说学生是小皇帝，家长们就是垂帘听政的太上皇，而在我们眼里至高无上的师威在这里却没怎么体现出来。每次的家长会，不是像国内常见的老师向家长们告状施加压力，反倒是班主任老师满面堆笑地向家长们「汇报工作」，听取意见，面对一群太上皇的指手划脚，只有诚惶诚恐的份。那些平时有争议的任课老师，就是家长会上的「嘉宾」，不得不接受家长们轮番轰炸的「款待」。

坐在前面的体育老师海尔先生显然是这次家长会上的主要嘉宾，这位平时看上去威风凛凛的海尔先生此时谦逊得像个小学生，对那些甚至比他还年轻的家长们所说的话频频点头称

是。下一个发言的是一位看上去情绪颇为激动的女士，她说：「我是娜汀的母亲，这个冬天我女儿就感冒了两次，每次都是在海尔先生的游泳课后，上次我已经向您提出这个问题了，可您没有检讨自己的失误，却建议我回家把女儿的长头发剪短，大家评评这个理，是不是留长发的女生就不能上海尔先生的游泳课？是不是大冬天上游泳课淋湿了长发就活该感冒？」她的话得到了家长们的一致回应，男孩尤斯的父亲是家长们投票选出来的家长代表，他的话颇有份量，只听他说道：「家长们也要体量一下海尔先生的难处，譬如孩子们长跑，老师却骑车的问题就应得到理解，因为海尔先生不只上我们孩子这一个班的体育课，如果一上午有四五节课，他岂不要跟着跑四五个小时？这样谁都吃不消。我倒建议海尔先生今后在课程安排上变通一下，能不能不要大热天长跑，大冬天游泳？」尤斯父亲的话引来一片善意的笑声，气氛一缓和，海尔先生不失时机地告辞了，班主任老师继续「汇报工作」：「尤斯爸爸的话很有道理，下面我们谈谈……」她刚一开口，话头就被不满的家长打断：「海尔先生在时，您一言不发，他刚一出门，您就表态说家长代表的话有道理，别忘了，您可是班主任，怎么可以如此不敢承担责任？」乖乖，这些家长在我看来简直胆大包天，连班主任大人都不放过！

　　这天，女儿放学后又向我说起学校里的见闻：「妈妈，你知道今天学校里发生了什么？安德列在数学课上调皮，老师说他不听，老师就把他赶到走廊里。」

「数学老师没错，对调皮捣蛋的学生是要给点教训的。」我说。

「问题是，下课时安德列竟不在走廊里，数学老师吓坏了，原来他一个人跑到大街上买冰淇淋吃，叫人家给送回来了。」

我心想，下回家长会上的嘉宾肯定是这位「幸运」的数学老师了。

囊中羞涩的德国总理

说起德国前任总理施罗德，除了他在任期间傲人的政绩，他的婚姻及日常生活也是人们津津乐道的。

众所周知，施罗德先生曾离过三次婚，按照德国的婚姻法，每次婚姻的解体都让他失去大笔的财产，最后，他的所有积蓄几乎在三次失败婚姻的震荡后丧失殆尽。据当年着名的英国《卫报》报导，施罗德在任期间，这位世界先进工业强国的最高首脑，为了支付三位前妻及众子女们的生活费，竟然沦落到「囊中羞涩」的地步。他自己也承认三次离婚使他元气大伤，不得不处处精打细算，生活水准甚至远远不及德国的普通百姓。谁能想到，如此一个经济高度发达国家的总理，他的个人生活竟与「豪华」一词无缘。

施罗德的现任妻子多莉丝是一位比他年轻20岁的知名记者，当年施罗德为了她被身为绿党人士的前妻扫地出门，困窘得连去慕尼黑看望多莉丝的路费都掏不出。在他担任总理期间，施罗德本人公干有乘坐政府专机的资格，却总是让妻子和女儿单独乘坐普通航班。由于政府为他配置的高级防弹轿车不属于他的私有财产，非工作时间外出必须按规定付费，所以，平时施罗德私事外出时大多乘坐二等车厢的火车，或者亲自驾驶着他那辆很旧的大众车。为了他的安全，他的保镖们却常常挤在高级防弹车里紧紧跟随在他的老爷车后面。

　　施罗德在就职演说中「提高人民生活，降低失业率，振兴德国经济」振聋发聩的誓言至今回荡在人们的耳畔，而他自己却锱铢必较地算计着自家的生活，虽然政府曾为他在柏林建造一座豪华别墅，但高昂的租金和往返旅费竟令他望而却步，他在办公室附近租了一套只有一间卧室的普通公寓，女儿来度周末时，只好在他们夫妇的床边支起一个简易床。

　　平日里，作为堂堂德国总理夫人的多莉丝，一切家务都是自己动手，面对这位虽才华横溢却放弃记者的职业，甘愿作家庭主妇的娇妻，施罗德时常痛惜不已，他决定工作之余撰写回忆录为妻子多赚点钱。

　　从前，施罗德曾是位收入可观的律师，如果他不放弃这个职业，即使是离过多次婚也不会使他的生活如此窘迫。然而，他并不后悔从政的选择，而且份外珍惜自己的政治生命，为了竖立清正廉洁的公众形象，他宁愿坦然地过着清贫的生活。

　　如今，这位刚正廉洁的德国前总理已经离任几个年头了，经常有媒体报道他担任某个大企业的高级顾问，或者以民间大使的身份出访，但愿这位备受爱戴远离政坛的前总理的经济状已经得到了彻底的改善。

人类该怎样和动物相处?

曾经看过一次电视庭审实况,内容是有关动物保护的,被告是一个从中国来到德国不久的小伙子,确切说还是个大男孩儿。当时他带着满脸无辜和迷惑的表情站在被告席上。

事情的经过大致这样:这位小伙子初来德国时,多次得到他的德国邻居——一对年轻夫妇的热情关照,为了答谢他们,同时也为了进一步加强睦邻友好关系,他邀请邻居一家共进晚餐。当晚,小伙子亲自掌勺,邻居夫妇品尝着丰盛可口的中餐,对小伙子的烹调技艺赞不绝口。席间有一盘味道特殊的肉引起了邻居的好奇,于是小伙子就兴致勃勃地向他们介绍这道佳肴的原料和烹饪方法:我本来想为你们烧一道广东名菜「龙虎斗」的,原料是用猫肉和蛇肉,可惜我只抓到一只野猫,蛇却没办法搞到,只好用鳝鱼代替了……话还未说完,邻居夫妇便讪讪地离席告辞了,临走他们还包走了一些猫肉。

几天后小伙子就成了被告接到了法庭的传讯,因为他违反了德国的动物保护法,邻居带走的那包肉就是证据。小伙子很不服气,在法庭上他为自己辩解道:我并不认为自己做错了什么,反倒觉得你们德国的法律奇怪,同样是动物,为什么猪牛不受保护,猫狗就受保护?当然,没人来解答他的问题,他违法的事实却是不容质疑的。

众所周知,在德国杀狗也是违法的,德国是养狗大户,街上宠物诊所的牌子并不少于牙医的,如果谁家的狗得了不治之

症或老得成了植物狗，它的专门兽医要出具证明，经过主人的同意后，为狗注射药物施行安乐死，然后安葬在墓地里。九六年时，德国的一家中餐馆曾被怀疑烹烧狗肉，消息传出后，中餐在德国便受到强烈的抵制，顷刻间中餐业在德国险遭灭顶之灾。后来在侨届的多方奔走和呼吁下，虽然澄清了事实，但至今餐饮业一提到「狗肉事件」仍不寒而栗，真可谓「一朝被狗咬，十年怕汪汪」。

有一个朋友在刚出国时，曾用他拿手的烧活鱼宴请德国同事，虽然没有因此惹上「动物官司」，却受到集体罢宴的「礼遇」。

保护动物也是德国考驾照的必修课，比如驾驶理论规定，在野外开车时，如果经过动物出没的地带，路旁的交通标记上就会有提示，这时就要注意车速，前方视野中如有动物出现，即使夜间行驶也应马上将远端灯转换成普通灯，避免它们扑向亮处撞车受伤，更不许鸣笛惊吓。如果不慎将动物撞伤，应立刻停车通知有关部门……

德国的私人花园里常见一种很别致的小房子，里面挂有水罐和菜籽，他们自家并未养鸟，那是专门为自由飞翔的鸟儿们落脚栖息而准备的。

闲暇漫步在林间草地时，天上鸽子在飞，树上小鸟在唱，草丛中上蹦下跳是野兔和松鼠……也许德国的小动物们记忆中没有被人类伤害的经历，所以它们对人毫无戒备之心，悠闲自在地在你身边脚下觅食吃。如此情境令人感慨良多，如果人类和自然界永远能如此相处，该是多么温馨祥和的世界呀！

男人的梦魇

　　一个凉风习习的傍晚，德国首府柏林，一辆神秘的轿车缓缓驶进瑞士大使馆的外交官邸，从车上翩然而下的是一位漂亮的女模特儿，她是应召前来与大使波勒尔幽会的。如果这一切发生在普通人身上，也许只是一场风花雪月的浪漫故事，但这一次，故事的男女主角都太不平常了，一方是仪表超群风度翩翩的瑞士驻德国大使，一方是艳压群芳的柏林名模。更不寻常的是，柏林名模在大使馆出入的身姿又恰恰被瑞士《视野报》驻柏林的女记者锁进眼底。漂亮模特儿自曝与大使亲热的细节和大使的身体特征更增加了绯闻的真实性。随着事件在《视野报》上的披露，有关年轻有为的瑞士大使的绯闻顷刻间铺天盖地，有人为波勒尔的仕途夭折而惋惜，有人却不以为然地认为没什么大不了，他们质问媒体：既然克林顿可以，为什么波勒尔就不可以？

　　接下来，梦魇就紧紧尾随波勒尔一家。先是波勒尔被解除了瑞士大使这一神圣的职务，随后他那曾经当选为美国德克萨斯小姐的美丽夫人也由于精神过度紧张而导致流产。气急之下，身为外交官的波勒尔愤而上诉，因为妻子是美国人，他不惜重金聘请了一位精通美国法律的德国律师，他发誓要通过法律向丑闻的制造者讨回公道。

官司还未正式打起来，那位曾向瑞士媒体披露绯闻的女模特儿就推翻了自己，承认她和波勒尔根本就毫无关系，所有这一切都是她在《视野报》一万欧元的收买下编造的。

波勒尔绯闻事件峰回路转。

瑞士那家出版《视野报》的出版社在周日版的头条向波勒尔公开道歉，展开当日报纸，率先跃入读者眼帘的就是醒目的「对不起」几个粗体大字，高薪从德国聘来的主编和女记者也被解职。除此之外，还得支付受害者波勒尔一家上百万欧元的巨额赔偿，本欲靠制造绯闻牟取暴利的出版商这回却赔个血本无归。

我到此时仍难以置信，报纸上那些对波勒尔事件绘声绘色的报导和义正词严的谴责原来竟都是编造和栽赃，仕途受挫的波勒尔至少还有巨额的经济补偿，可被愚弄的读者和民众呢？他们又该找谁去讨公正？

浪漫销魂时，漂亮女人是男人的艳遇，但说不定什么时候男人的艳遇就会变成男人的梦魇。

时光倒流

厌倦了现代大都市生活的德国人向往起自给自足、野炊袅袅的田园生活了，德国电视一台为了迎合观众们返璞归真的心理，遵循电视节目「寓教于乐」的原则，及时地推出一个「时光倒流一百年」的电视节目，并向德国征集志愿参与者，应征条件是一个多元化的家庭，具有远离现代社会在德国的原始黑森林里生存的勇气和能力，为期十个星期，其中包括两个星期的冬天。消息一经传出，应征者云集，电视台经过慎重甄选，将目标锁定在来自柏林的波洛一家。

波洛一家有五名家庭成员，父亲波洛原籍土耳其，是位身体强壮的物理学家；母亲性情开朗、勤劳善良，是土生土长的德国人；三个儿女都是上学的年龄，既受土耳其母语文化的熏陶又受正规的德国教育，如此五口之家正符合电视节目的要求，不久，他们的身份将是一九〇二年森林农庄里的农夫。三个孩子得知他们马上就要告别都市的现代生活，回到一百年前的森林农庄去，都兴奋不已，在他们心目中，一九〇二年的农庄被葱郁茂密的黑森林包围着，林间是野花盛开、可爱的动物们欢跳雀跃的童话世界。可现实的严峻却令波洛一家措手不及：由于时光倒流，平常生活里信手拈来的东西都没有了，比如非常重要的自来水和电，更别说汽车、手机等现代化的装备了，只有一部电话机是唯一能和外界保持联络的纽带，还只有

在紧急情况下万不得已时才可使用。闹钟肯定是没有的，每天清晨，叫他们起床劳作的是一只报时的大公鸡。由于当时正是农庄收获土豆的季节，既然是自给自足，他们的一日三餐就除了土豆还是土豆，虽然德国人一直以土豆为主食，可顿顿如此还是令人吃不消，几天下来，小妹就顶不住了，叫嚷着要吃柏林烤香肠。不久，他们的土豆地又遭了灾，收成眼看泡了汤，这下恐怕连土豆都吃不上了。虽然出了农庄就是食品超市，可那是属于生活在一百年后现代人的，此时对他们来说，倘佯其中随意挑拣自己可口的食品简直就是奢望。

　　一时间，生计问题困扰着波洛一家，祸不单行的是，老爸波洛在拉板车打猪草时扭伤了腰，大妹挤牛奶时用力不当致使奶牛乳头发炎，本以为放牧猪羊等家畜应该容易些，可每次都得连拖带拽它们还不配合，直把主人们累得气喘吁吁……。来自二十一世纪笨拙的现代人把个一百年前和谐安静的森林农庄搞得鸡犬不宁，这一切都被隐匿在他们周遭的电视摄影装置拍摄了下来，让追踪这个节目的观众们为他们捏了一把汗。

　　时光倒流的生活险象环生、困难重重，显然不像孩子们当初想像的那般浪漫，但是倔强执着的波洛一家还是靠着自己聪明才智和坚强毅力坚持了下来，十个星期后，他们向关心他们并同样向往田园生活的电视观众们递交了一份合格的答卷。据说为制作这个专题节目，电视台花费了百万欧元，田庄简陋的生活是不需要如此巨额成本的，也许这其中也包括了对波洛一家十个星期远离现代生活的奖励和补偿吧。许多观众在看了专题节目后庆幸地说：「难以想像现代人倒退一百年的生活该竟是如此的艰难，感谢上帝，现在已经是二十一世纪！」

失败的母亲

「难以想像，为了孩子们，我付出了全部的母爱，到头来竟还是个失败的母亲……」德国邻居安基卡哭诉道。

早年安基卡也有一份不错的工作，结婚生子后，和大多数德国妇女一样，安基卡放弃了工作的机会，回到家里安心地做起了家庭主妇。她和丈夫育有一儿一女，平时丈夫忙于工作，教育子女的任务就落在了安基卡的肩上。安基卡对子女的管教很严格，她希望儿子将来是个绅士，女儿成为淑女。可偏偏事与愿违，她的儿子虽然精力旺盛，但她规定儿子掌握的东西却一样不灵，十几岁的少年偏偏练就一身史泰龙样的腱子肉，四处搜罗邻居废弃的自行车，放学后就一阵鼓捣，一会儿改成小型机车，一会儿又改成摩托，他带着满脸油污房前屋后试车的噪音常搅得大家不得安宁。一个周末的大清早，当他再一次制造噪音时，安基卡在制止失败后，忍无可忍地亲自打电话叫来了警察，要求他们以严重扰民的理由带走儿子。虽然在警察们的干预下，这个少年从此安静了下来，但一过十八岁法定成人的年龄，就执意自己找房子搬了出去，从此不再和家里联络，甚至他外公为他留下一笔遗产需要他签字，安基卡给他留了无数次电话录音都找不到他。一次我在速食店用餐时，巧遇一身工装一脸汗水的他，边大口嚼着热狗边热情地和我打招呼，他告诉我，他正在附近的建筑工地打工，自从离开了父母的荫护，他就一直这样靠自己的劳动养活自己，「现在我的房租和

读大学的学费都是自己赚的！」他不无自豪地说。我问他知不知道他母亲正为继承遗产签字的事四处寻找他，他说：「请转告我母亲，虽然目前我需要辛苦劳动养活自己，但是没有遗产不做绅士我同样自由快乐！」说完，留给我一个灿烂的笑容就继续工作去了。

显然安基卡对这个儿子失望透顶，好在女儿正按照母亲的意愿发展着自己的人生：在大学里读教育心理学，能说一口流畅的英语和法语，弹得一手好钢琴……这样的女儿无疑是安基卡的安慰与骄傲。然而，天有不测风云，就在还有一年女儿大学即将毕业的时候，安基卡发现她竟然和一个蓬头垢面崩克样的少年过从甚密，在安基卡的追问下，女儿承认少年正是她的男朋友，虽然刚入大学比她还小三岁，但她很爱他。安基卡一听不禁勃然大怒，这还了得！从那以后，安基卡严厉地禁止了他们的交往，并在少年登门找女儿的时候毫不客气地将他轰了出去。几天后，一辆大卡车停在了门外，女儿和少年指挥着车上的人将女儿房间的东西搬运一空，然后女儿给目瞪口呆的安基卡留下一句话作为告别：「妈妈，我们都是成人，完全可以为自己的行为负责，我已经决定退学和他结婚了，再见吧！」说完登上卡车扬长而去。

从那以后，望子成龙望女成凤的安基卡经常以泪洗面，她实在不明白自己究竟做错了什么。其实这正是在当代德国青年中存在的普遍现象：封闭、自我，过分强调自由独立的个性，却往往忽略了他人的感受甚至亲情，这一代人对社会认同感的危机使社会关系变得越来越薄弱了。

苏珊的爱情闹剧

　　某日，柏林的一家电视台在傍晚的黄金时间里播出了一桩爆炸性新闻：座落在东柏林的某妇产科医院里丢失了一名刚刚出生的女婴，绝望悲凄的女婴父母在电视里痛哭流涕地向观众许诺，谁若发现他们女儿的行踪并及时报警，将得到一笔巨额奖金。

　　随后，电视台对这起罕见的窃婴事件进行了追踪报导，一连几天，并无突破性进展。于是，一时间人们议论纷纷，有的指责德国医院的探视管理制度松懈，一天二十四小时任由患者亲友来来往往，难免给不法之徒以可乘之机。有的猜测偷走婴儿的也许是孩子的生父，如今的西方社会，世风日下，许多未婚母亲连自己都很难说清孩子的生父是谁。一方面是严格限制堕胎的宗教势力，一方面是不分青红皂白地强调「维护人权」的政府政策，都无形中纵容了未婚母亲数量的增加。甚至有人说：「这也许是件好事呢，几个父亲暗中争夺一个孩子，总比谁也不要孩子的情形要好！」

　　值得庆幸的是，仅仅过了三天，失踪的女婴就被警方找到了。谁也没想到，肇事者竟是一名知法懂法的女大学生，正在柏林某大学法律系就读，年仅二十二岁，我且称她为苏珊吧。

　　苏珊有一位相好了几年的男朋友名叫大卫，大学毕业后就职于远离柏林的另一个城市。数月前，大卫由于移情别恋突然

提出和苏珊分手，令痴情的苏珊痛苦万分。为挽留住男友的爱情，苏珊可谓绞尽了脑汁，总算苦心冥想出一条妙计。于是，她马不停蹄地找到大卫，极尽温柔，重叙旧情。不久，苏珊谎称自己怀上了大卫的孩子，她多次声泪俱下地向大卫表达自己的爱情，同时强调，她是多么不忍心他们的孩子将来生长在一个有缺憾的家庭环境里。大卫终于被苏珊所渲染的「亲情」所感动了，表示孩子生下之日，就是他们团聚之时，从此一家三口不再天各一方。

随着时间一天天的流逝，面对沉浸在即将做父亲喜悦中的大卫，苏珊着实犯了难。眼看自己胡诌的临产期一天天地迫近，每晚大卫电波里传来的问候还好应付，可他又提出已请了假准备回柏林陪自己待产，这将如何是好？为了这出「爱情戏」能继续演下去，苏珊横下一条心，不惜铤而走险，执意要将假戏真唱到底了。

在一个风和日丽的日子，苏珊装作探视人员，大摇大摆地来到东柏林这家医院的妇产科病房。走廊里，母亲们推着婴儿车穿梭于婴儿寝室和哺乳室之间，个个脸上荡漾着由衷的喜悦和满足。这时，苏珊看到一位母亲将婴儿车推进了卫生间，她不动声色地观察了好一会，见无人进出，便不失时机地闪了进去。果不出她所料，母亲不可能抱着孩子去方便，只把婴儿车停在了化妆镜旁。说时迟，那时快，只见苏珊动作敏捷地抱起熟睡中的孩子，疾步走出医院，竟未引起任何人的怀疑。

当晚，在电视新闻播出女婴失踪消息的同时，缺乏做母亲经验的苏珊也正手忙脚乱地面对着因肚脐感染而哭闹不止的女

婴一筹莫展。孩子不停地哭闹引起了邻居们的警觉：两天前还见她又打球又游泳的，怎么突然就冒出个婴儿？电视台的追踪报导促使邻居们刻不容缓地报了警，警察赶来，逮个正着。

　　失而复得的女婴虽然顺利回到了父母身边，但几天的折腾已使她元气大伤，父母只好把她送进医院接受治疗。至此，女大学生苏珊的爱情闹剧终于降下了帷幕，至于该如何给她定罪，我想她本人是学法律的，她自己心里应该有数。

抗洪英雄的无奈

　　那年夏天，德国遭遇了百年不遇的洪灾，尤以德国历史名城德雷斯顿市受灾最重，连日的暴雨使整个古城陷于一片汪洋。政府虽然紧急疏散了附近居民，人员伤亡相对来说并不严重，但许多作为历史发展见证的名胜古迹却被洪水严重摧毁，其损失是无法用金钱来衡量的。

　　在那次突发的洪灾中，国家财产遭到损失实属天灾难料，可是有些人却因抗洪救灾使个人生活蒙受不该有的损失，颇令人匪夷所思。豪爽热情的哥特先生是德雷斯顿一家邮件公司的司机，洪水袭来时，哥特先生毫不犹豫地投身加入了抗洪抢险的队伍，在抢险过程中，哥特先生舍身忘我地一次次救出行动不便的老人和孩子，他充满活力的身影总是出现在最艰险的地方，从他的手中被救护出来许多珍贵的物品，却全然不顾此时此刻，他自己的家已被大水冲得面目全非。

　　最后，肆虐多日的洪水终于在众多抗洪人员的奋力拼搏下节节消退，劫后余生的城市也渐渐复苏。哥特先生在这次抗洪抢险中的突出表现受到人们的交相称赞，有关部门还因此为他颁发一份参加抢险工作的证书。虽然此时的哥特先生俨然就是一位受人尊敬的抗洪英雄，可是面对荣誉，哥特先生却十分平静，因为早在很多年前，他就加入了某救助协会，成为一名社会义务救助人员，他认为他所作的一切不过是一名普通公民对

社会应尽的义务而已。如今既然险情已过，他也该抖落一身疲惫，重新回到日常生活的轨道上了。

令人难以预料的是，当抗洪英雄哥特先生风尘仆仆地赶回家里时，才得知，由于他参加抢险脱离工作岗位，竟被他所供职的那家邮件公司解雇了。无论什么时候，公司老板要的都是员工的工作效率，这显然和哥特先生的公民道德意识有冲突。手捧一纸解聘书，怀揣抗洪荣誉证站在自己充满积水的住宅里，这位抗洪英雄的心里充满了无奈……

一念之差

——法律学子害命勒索沦为阶下囚

二〇〇二年的十月十一日那天，在德国法兰克福市卡塔林娜教堂内外聚集了上千悲痛的人们，他们正为年仅11岁的雅各布举行隆重的葬礼。

雅各布是德国着名私人银行家梅茨勒的小儿子，九月二十七日中午放学时遭绑架。一个小时后，银行家收到了绑匪索要巨额赎金的信函，雅各布家人及时报警后，按绑匪指令，于九月二十九日深夜二十三时，在法兰克福的一处幽深静谧的森林里，梅茨勒家族将一百万欧元现金放在绑匪的指定地点。警方监测到来取钱的正是和雅各布相熟的法律系大学生马格努斯，此人也是小雅各布的课外辅导老师。因抱着绑匪兑现诺言，次日放回雅各布的一线希望，警方没有打草惊蛇，只是不动声色地将马格努斯处在严密监控之中。

然而，约定三十日上午放人的时间已过，梅茨勒家还是不见小儿子雅各布的身影，整个家族被不祥的预感笼罩着，警方当机立断采取行动，他们用炸药炸开了马格努斯的家门将其当场逮捕，并在现场搜出几万欧元现金，纸币的号码正是出自梅茨勒银行。

　　经过艰难的审讯，马格努斯只交代了藏匿雅各布的地方，在法兰克福六十公里之外的一条小河里，被找到的小雅各布用绳子捆绑着装在垃圾袋里，已窒息死亡四天了。

　　马格努斯案发后，认识他的人都为他扼腕叹惜，他的父母都属于收入可观德国中产阶级，平日对他经济上很宽松，他自己也即将学有所成，按理说金钱对他的诱惑还不至于此，难以想像这样一位前程光明的莘莘学子到头来会为了金钱犯下谋财害命的滔天大罪。被捕后，熟读法律的马格努斯利用德国法律上的缄默权利一言不发，所以对其作案动机至今不能确定，有关刑事专家通过一系列证据推测了马格努斯的犯罪过程：

　　事发当天，小雅各布放学的路上遇到他的课外辅导老师——二十七岁的法律系大学生马格努斯，这位平时与雅各布相处极为融洽的老师非常热情地邀请他的小学生到家里作客，时值周末，生性活泼的雅各布毫不犹豫地随马格努斯回家了。在马格努斯家里，不知是这位法律系的高材生久有预谋还是面对阳光少年雅各布突生邪念，竟然粗暴地企图对他辅导的学生进行非礼，雅各布惊恐地瞪着这位平日里知识丰富的老师，拼命地嘶喊反抗，雅各布的过激反应使马格努斯猛然意识到了自己的险境，这意味着事态暴露后，他过五关斩六将苦读的十三个学期即将付之东流，就连他准备已久的平生第一次国家统考也会与他无缘。想到这，他心一横，一把揪回欲夺门而逃的雅各布，双手狠狠地扼住他稚嫩的咽

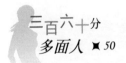
喉……事已至此，马格努斯一不做二不休，索性向银行家勒索一百万欧元再做打算。所以，专家们认为，马格努斯最初的目的并非索取金钱，而是对幼童有性侵犯倾向。

马格努斯作为法学才子，他残酷地践踏了他刻苦攻读的法律人权。就这样，一念之差，他亲手葬送一个幼小生命的同时，也葬送了自己为之努力奋斗的未来。

拾金不昧在德国

　　一次和先生准备到荷兰度假，本来已经买好了到阿姆斯特丹的直达车票，可临上车才发现车票不翼而飞了。那是三日有效不记名不挂失的通票，也就是说，谁要是拣到它，三日之内任何时间可以凭借它去从柏林到阿姆斯特丹沿途的任何地方。即使拾到的人不用车票旅行，也可以退出一笔钱的。我们眼睁睁地看着的火车开走，正要沮丧地返回售票处补买车票，服务人员提醒我们到失物招领处去看一下，他很有信心地说，如果被人拾到，十有八九会在那里，就怕你们是遗落在车站以外的地方。当时我们心想，柏林火车站是德国客流量最大的车站，每天形形色色的人在此川流不息，我们的车票怎么会就那么幸运恰巧落在拾金不昧的人手里呢？只要拾票的人稍有一念之差，就会将车票据为己有。

　　当我们将信将疑地来到失物招领处询问时，工作人员是一位四十多岁的女士，她验看了我们的证件后，打开保险柜抽出一份卷宗，态度认真地核实诸如面值、购买时间、目的地等有关车票的情况，然后又问我们在两个小时之前大约去了车站的什么地方。我们说先后去了咖啡厅然后在超市里买了一些路上吃的东西，最后还去了面包店。她点头说：「这就是了，有人在面包店里拾到后交到这里来的。」我们感激地询问拾金不昧者的姓名，工作人员不解地说：「有这个必要吗？拾到不属于

自己的东西交还失主是每个公民都应该做到的。很遗憾我不能帮你们，因为他根本没留姓名，为防冒领，失主的姓名倒是我们所关心的。」

不出一个小时，车票失而复得，我们赶上了下一班开往荷兰的列车。我一直认为这件事只是侥幸，直到后来又发生一件令我感慨万分的事。

前不久的一个周末，我开着我的新型宝马车从购物中心回家，我把车停泊在离家不远的停车场，就提着大包小包的日常用品回家了。然后一连几天没出门，直到有天傍晚，一位德国老者找上门来，笑容可掬地询问我是不是银色宝马车的车主，随后又报出了我的车号，我不解地问他到底发生了什么事，他说：「你的车钥匙是不是不见了？」我忙箱箱包包地翻找，老者笑着从怀里掏出钥匙幽默地说：「别找了，你已经把它寄存在我这里有一个周末了。」感激之余，我惊问停车场里有那么多车，他是怎么知道这就是我丢的钥匙？他说：「你难道忘了你的车门是遥控的吗？我以为你发现丢了钥匙会回到停车场寻找，就在那里守了两天，可整个周末都没有动静，我就只好按这把钥匙上的遥控按钮，哪个车门自动打开就是哪辆车的钥匙。我一按，果然你的车门就开了，我重新锁好车记下了车号，等星期一到车辆管理部门一查，车主的姓名地址就知道了，这不，我就找上门来了。」当我一再道谢并询问老者的姓名时，他什么也没说，只笑着摆摆手就告辞了，连杯热咖啡都没喝。

　　久居德国的同胞之间曾经争论过：抛开那些凶杀抢劫等极端的社会现象不论，拾金不昧究竟算不算美德？一方认为，无论在任何国家任何社会，拾金不昧都应该是大力提倡的美德，如果拾金不昧都不算美德了，那么小偷是不是该移民到其他星球上了；而另一方却认为，最起码在德国，拾金不昧已经渗透到了公民意识中，几近变成了顺理成章天经地义的事，既然拾金不昧在这里已经不足以夸耀，所以不应算作美德，它应该是社会文明发展到一定程度的自然结果。

幼儿哭闹引出的官司

　　一天下午，女友古恩夫人突然打来电话，气呼呼地对我说：「告诉你一桩发生在联邦德国的奇闻，我们夫妇竟被邻居指控为虐待儿童罪，而且柏林刑侦局为此还立案设立了专门调查组，背地里秘密地做了大量的工作，向许多与我们有关的人，包括近邻、私人医生和孩子幼稚园里的老师搜集证据，事情尚无结果，我们在熟人们眼里俨然就是一对虐待犯了，古恩的高血压都被气发作了。雨欣你应该写出来，让我们的同胞了解一下这个号称民主、人权的社会虚伪的一面！」

　　事情是这样的，两个月前的一天，古恩夫妇带着三岁的儿子路卡斯走访朋友，聊到很晚他们才告辞。当时，小路卡斯正和朋友的孩子玩在兴头上不愿离开，直到他们已开车回到家里，小路卡斯还在大哭大闹，拒绝上床。孩子的哭闹声惊动了一个女邻居，她怒气冲冲地找上门来，指着腕上的手表叱责他们：「你们看看都几点了，十分钟后，他再不安静下来，我就去叫『破累差』（德语警察）！」年轻气盛的古恩博士也不甘示弱，将门一摔，吼到：「你叫去吧，我倒要看看警察有什么办法让孩子不哭！」孩子闹累了，很快就睡着了。这时，却又响起了门铃声，古恩开门一看，女邻居果真叫来了两名警察，不由分说就要往里闯，古恩极力阻拦，说：「我儿子刚睡着，我不希望他被打搅，你们是警察，应该懂得不能随便夜闯民

宅！」正争执不下时，等在楼下警车里的另三名警察闻讯冲了上来，硬性闯进房间，里外巡视了一通，其中一个女警察还对火冒三丈的古恩说：「你不必激动，既然你的邻居指控你们，我们警察就有责任来看看究竟发生了什么事，谁也不希望有谋杀案。」然后，目光落在冰箱上又说：「我更不愿意看到这里面藏着一具尸体！」

已身怀有孕的古恩夫人听了这话后，止不住大呕起来。与此同时，早有两名警察冲到路卡斯的睡房，三下两下地将已熟睡的孩子扒得精光，颠来倒去地查看身上是否有伤。原来他们听了女邻居的一面之词，怀疑孩子哭闹是由于受了父母的毒打和虐待。因为在德国，父母打骂自己的孩子是违法的，任何人遇到这种情都有权过问，当然也在警察的职责范围之内。

当夜，忠于职守的警察们在古恩博士家折腾这一出虽毫无结果，却把这对夫妇气得一宿无眠。第二天一清早，古恩便把投诉信亲自送到了警察局，状告当执警察在无任何凭证的情下，粗暴地扰乱纳税人的正常生活。不久，投诉信就有了回音，警察分局的负责人带着当执警察小队长亲自登门，向古恩一家当面致歉，大家以为这段风波就算平息了。

出乎意料的是，两个月后，柏林刑侦局的信却追上门来，通知他们已被立案。通过对这段时间调查的结果分析，结论是，古恩夫妇的虐待儿童罪不成立。但事情并未就此了结，案子的性质由他们夫妇的虐待罪变成了纵容孩子哭闹而干扰了邻居的休息，目前此案已从刑事法庭转交到民事法庭继续审理。

经过这件事后，古恩夫人变得郁郁寡欢，常常不解地叹息：「上帝！我们爱我们的儿子心都可以掏出来，没想到三岁的孩子哭几声却几乎让我们成为罪犯。」有时古恩夫人也不由得迁怒于德国夫君：「你们国家的安全机构就是用这种践踏公民的人格、自尊的方式来维护人权的吗？以后你再听信传媒诋毁中国人权的言论，我就离开德国、离开你！」古恩也痛心疾首地说：「我也为自己在这个虚伪的世界里无力给儿子一个平静、自由的生活而羞愧。」

古恩夫妇对此事的反应显然过激了些，但由此也不难看出德国法制虽健全，也存在着弊端。由于德国法律规定，原告可不必拥有证据，相反却需要被告出示充分的证据来证明自己无罪。这项法律在有效地保护公民、最大限度地抑制犯罪的同时，也助长了某些好斗人士恶人先告状的陋习，往往给无辜的一方凭空增添许多难以言述的烦恼。德国的警察标记是绿色的，绿色本是和平和安宁的象征，可由于他们事无钜细，样样要立案调查，有时极尽骚扰之能事，就难免有小题大作之嫌。

我损失了我的真诚

　　秋玲小姑娘是珠海一位朋友的女儿，读大学二年级。我借回国探亲之机到珠海游玩时，秋玲自告奋勇地当我的导游。

　　就在我们沿着海关门前繁华的商业区说说笑笑地一路闲逛时，突然，一笔横财从天而降。只见一个穿风衣戴墨镜的中年男人迎面匆匆走来，就在和我们擦肩而过的瞬间，一迭厚厚的百元大钞从他身上应声落地。还没等我们反应过来究竟发生了什么事，身后已冒出两个男人同时伸手捡这笔钱。他们拾起钱后，却不急于分赃，而是回身拽住我们，压低噪音神秘兮兮地说：「两位小姐不要声张　请你们留下作个证人，然后我们平分这笔钱！」俗话说，假如天上真的掉馅饼，那肯定不是圈套就是陷阱。此时，我已明显意识到这是一个骗局，如果你一念之差财迷了心窍，这伙人说不定会对你做出什么事呢。我果断地拉着秋玲说：「别理他们，咱们快走，离开这个是非之地！」可是秋玲却挣开我，紧紧拉住那个拿钱的人　同时向掉钱人的背影高喊：「穿风衣的先生，你快回来，你的钱丢了，这二位先生捡到了，他们要还你钱，要我们做证人呢……」那二人经她这一叫，脸登时成了紫茄子。这时早有其他好心人将掉钱人拦住。只见丢钱人表情漠然地从同伙手里夺过那迭钱，拨开围观的人，嘟嘟囔囔地疾步走开。当他走过我身旁时，我分明听见他在说：「遇到这傻妮子，算我倒楣……」秋玲目送

他的背影不解地问我：「姐姐，我真不明白，这个人找回了钱，为什么还不高兴？」我顾不上回答，忙把她拽走。

回到住处，我惊魂未定地向她陈述这里面的猫腻。听着听着，秋玲伤心地哭起来，我安慰她说：「好在我们没损失什么，快别哭了！」听了我的话，秋玲反倒哭得更伤心了，她呜咽着说：「谁说我没有损失？我损失了我的真诚，呜呜呜……」

谁是未来的百万富翁?

　　谁是未来的百万富翁?这是德国一家电视台专题节目的名字。这个节目是以百科知识竞赛为主要内容的,每星期一期,已连续了多年。由于该节目具有极强的知识性趣味性,加之随着竞赛题目的深入,奖金也由个位数逐步上升到一百万,吸引着不同层次的人士参与这个节目,越到后来竞争就越激烈。当然,众多参与者们的心态也是不尽相同,知识浅滩的嬉戏者往往只满足于小鱼小虾的捕捞,答对一两个题目拿到些许奖金见好就收;而那些具有深海探险魄力的人就会勇往直前一发不可收,结果是时而顷刻间腰缠万贯,时而连连答错血本无归。每次节目播出时,许多家庭都围坐在电视机前观看,情绪随着现场激烈紧张的气氛跌宕起伏,很多观众甚至在节目播出几天后仍津津乐道,为坚持到最后的人振奋,同时也为马失前蹄的人惋惜。

　　当然,想获得如此高额的奖金并不是一件轻而易举的事情,自节目开播几年来,虽然参赛者强手如林,可真正一路过关斩将坚持到最后的人,直到上个星期五才出现。这个最终的胜利者名叫哥哈得·克拉马,是一位知识渊博、举止稳重的青年才子,在大学里,他同时进修音乐和哲学两个专业。

　　在以往的这台专题节目中,获得高额奖金的不乏像哥哈得这样知识全面的年轻人,我想这是和德国教育机制密不可分

的，联邦政府主张在对青少年进行普遍教育的基础上，全面广泛地发展个人教育，他们致力于公民尽可能早地接触艺术和文化，提倡青少年全方位的素质教育、积累多方面的文化经验。德国的孩子从幼稚园开始就参与社会活动，我女儿在小学低年级时还上过造纸、纺织、烹饪等课程，我家里至今还保存着她三、四年前的「作业」——一只简明的针线包、一块发黄的草纸，一座四不像的石雕……，当然这些特殊课程的课堂也就因地制宜设在了造纸厂、地毯车间、采石场等地方，有时她会从学校里带回一块又黑又硬的面包要我品尝，我就知道当天她在学校里一定是上了家政课。

在德国，虽然孩子的教育首先是来自父母和学校，可国家政府在支持青少年个人融入社会中的发展上做了大量的工作，具体到制定青少年保护措施和各项福利制度、义务提供多种形式且自愿参加的文化活动和社会活动，以拓宽孩子的视野。这些妙趣横生的活动在激发了孩子广泛的兴趣同时，也充分发掘了孩子尚不自知的潜力。就我身边的德国朋友而言，物理研究所的所长摇身一变成了足坛猛将，医学教授同时也是国际象棋大师，配眼镜的师傅也举办了个人艺术作品展，按摩师失业后再找到的工作竟是电脑技术人员……所有这一切，都缘于他们启蒙时兴趣的开发和培养，以及能自由发挥这种兴趣的宽松环境。

谁是未来的百万富翁？谁是这个竞争激烈的社会上不败的立足者？不言而喻，最后的胜利永远属于那些知识技能全面、心里素质优异的人。

足球光环下的民族情绪

　　一位奥地利文友在世界杯足球赛期间受邀到德国讲学，当那天下午前往德国知名教堂参观时，一路上不断有好心的德国人建议他注意安全，原因是，当时电视里正在转播土耳其队和韩国队在南朝鲜争夺第三、四名的白热化场面，一旦土耳其队输给韩国，则可能发生德国的土耳其侨民将亚洲脸孔的他误认为是韩国人而被泄私愤事件。朋友听后，对球迷的狂热深感惶恐，好在有教堂作庇护，索性安心地坐下来，对上帝唱起了虔诚的赞美诗，也不管上帝是否真的能保佑人间的平安。走出教堂时，恰好传来韩国队败北的消息，朋友方如释重负。

　　由于德国在二战期间从土耳其大量引进劳工并允许他们在德国长期居住，致使土耳其人在德国的势力逐渐强大，如今在德国已形成最强悍的外来民族了，平时，就连强调民族自尊的德国人对他们都退让三分。这回面对土耳其足球的胜利，德国人更是表现出了超常的宽容。比赛刚结束，成群结队的土耳其侨民不知从什么地方突然冒了出来，霎时间，他们就占领了柏林的主要街道，一辆辆高级轿车披着带黄月亮的鲜红国旗呼啸而过，车上的人无论男女老少情绪都那么高昂，他们拼命地挥着手高唱着国歌，向他们侨居的国家甚至整个世界宣泄着他们的荣耀。德国方面出动了大批警力，只见前有警车开道后有成群的警察默默收拾烂摊子，因为人群过处，啤酒罐饮料瓶香烟

蒂狼籍一片，与其说德国警察们是在维护治安，倒不如说是球迷们的勤务兵更确切。有中国球迷看到这场面，英雄气短地说：「中国足球队不用说踢赢了，哪怕他们进一个球，我也会学江姐，亲手绣一面五星红旗高举着冲向这异国的街头，可惜呀……」

　　德国球迷自己则为德国不与土耳其对垒而深感庆幸，因为他们非常清醒地意识到，如果在世界杯上两队狭路相逢，不论是何方败北，均可能引起两方「球痴」在德国街头进行巷战。那届世界杯赛的冠亚军的决赛中，德国败给了巴西队，如一桶冷水兜头泼灭了德国球迷的狂热激情，使德国的那个夜晚和无数个夜晚没多大分别。对于我等「球盲」来说，并不关心谁输谁赢，我只希望球迷们不要闹得太凶，好让我睡个好觉。

辑二

德国日志

「天敌」的友谊

　　在德国过春节时有朋友问我，在客居的地方，过一个没有鞭炮声、没有拜年声寂寞的春节，此时此刻，你心里最牵挂最惦念的人是谁呢？朋友也许想与我共同分担那一份亲情乡愁，然而说来惭愧，此时，我最牵挂的并不是血缘至亲的父母兄妹，因为现代通讯交通的发达，与他们相聚已不限于梦境，回家探亲不过半年，由于工作关系，家兄还能时常来德国小住。每逢佳节，我最牵挂的竟是久无音信的儿时伙伴，那吵吵闹闹一同长大的「天敌」，岁月如织时光穿梭，多年之后，不知他们还好吗？

　　有一个从幼稚园就和我一起拌嘴吵架的邻居小姐妹小名叫咪咪，生日和我只差几天，个头身材也相似。那是一个不能总有新衣服穿的年代，一件衣服常常是晚上洗过平铺在暖气片上，第二天又穿着上学了。刚刚萌发爱美之心的我们就经常换衣服穿，谁成想我竟然因此被咪咪算计了一回。那天她刚和哥哥吵完架跑出来就急猴猴地拽下我的外套，我不明就里，美滋滋地穿着她的新衣裳戴着她的新绒帽去找小伙伴炫耀。一进军医大院，忽听身后一个愤怒的声音吼道：「惹了祸想跑？还不给我赶快回家！」还没等我明白怎么回事，屁股蛋上已经挨了狠狠的一脚，回头一看，踢我的人竟是咪咪那位平时也对我关爱有加的哥哥。我委屈得「哇」地一声大哭起来，慌得那个比

我们大不了几岁的哥哥又是哄又是赔不是。原来他正气势汹汹地到处寻找打碎了暖瓶就逃之夭夭的咪咪，见我穿着她的衣裳戴着她的帽子闯进来，就把我当成了她。记得那也是一个春节，当时大院里一家分一张电影票，我们小孩不用票，可以被大人带进礼堂。因为咪咪吵着要和她爸爸去，哥哥看不成电影就赌气不吃饭，我就把我家那张电影票拿给他，让他带我进去。我们两挤在一个硬硬的座椅里，电影里演的什么早忘了，只记得他给我嗑了一大把的瓜子仁。当时，咪咪骑在她爸爸的腿上正坐在后排，结果第二天就发生了我们换衣服我被她哥哥踢屁股事件，现在想来很有可能是咪咪这个当妹妹的由于嫉妒而成心导演的一出好戏。

我第一次回国探亲时，咪咪的父母仍和我父亲住对门，她哥哥结婚生子搬了出去，咪咪虽然也成了家，但因没分到房子仍和父母住在一起。我们像当年一样猫在她的闺房里说着女儿家的悄悄话，由于同样的空间里多了丈夫和女儿，使她那原本就不大的房间更显得狭小拥挤。也许是生育后疏于保养，她过去窈窕的身材已不知去向，整个腰身软塌塌的看上去像一只快要散了架子的大竹桶。她端详着我当时仍然错落有致的身材不无妒意地说：「肯定是你在国外买的名牌内衣挺胸收腹的效果好！」我听后一句反驳她的话都没说，而是像小时候一样，宽衣解带，把那件刚上身的高弹内衣扯下递给她。她也没犹豫，立即套在身上站在镜子前孤芳自赏起来。穿上高弹内衣的咪咪虽然从外表上没看出她有多大改观，但我想她至少在内心里获得了一丝安慰。

　　从那以后，在逛商场时，每每遇到自己中意的内衣，我常常是一式两件，一件自己穿，一件留给咪咪。一转眼又是七八年过去，这期间父亲在家乡的住处几经搬迁，早已和咪咪的父母失去了联系。由于自己在国内把落脚点安在了北京，每次回国都是家人在首都相聚，我竟一直没有再回家乡，也没有机会再见到咪咪。即使如此，在买内衣时，我仍然习惯一式两件，一件自己穿，一件留给咪咪。

　　在整理这些东西时，我常想，儿时的伙伴啊，你还好吗？虽然不知你今天变成了什么样，但在我的记忆中，似乎和我总是没有多大的差别。我隐隐地觉得，总有一天，我们还会猫在她的卧房里说着悄悄话，抖落出自己心爱的服装互相攀比着对换着，哪怕那时我们已经老得不再被穿衣镜所关注，可我们仍然关注着对方，为对方比自己多一丝美丽而不平而嫉妒，不平嫉妒中又混杂着惦念和牵挂，恩怨相缠、是非纠葛，莫非，这就是「天敌」之间的友谊？

减肥红烧肉的发明

　　说起红烧肉来，很多人都说好吃是好吃，可一想到吃了会长脂肪，得现代流行的糖尿病、动脉硬化、肥胖症……就又望而怯步了。实不相瞒，本人也是个又想吃肉又怕长肉，还幻想长生不老的麻烦主，眼瞅着人近中年了又添了心病，有事没事的爱把柜中的陈年「新」衣翻出来往身上套，那可真是买来忘了穿的绝对地连一水都没沾过的新衣。试过之后，如发现哪件扣子系不上或者腰带得松几扣了，就紧张得睡不着觉，恨不能立刻就绝食不绝水地把身上多出来的赘肉给折腾回去。结果是往往坚持不了两顿饭的功夫又犯了强烈的馋瘾，等满足了嘴巴，镜子又不高兴了。不由得感慨：贪吃还是臭美，这真是一个问题！

　　人常说「馋人大多会烧菜」，此话果然不假，苦思冥想之际，总算想出一个既解馋又「减肥」的烧肉妙招，这可是我锲而不舍地烧黑了十锅五花肉总结出来的，特贡献出来与大家美味共享。

　　这道「减肥红烧肉」的做法是将切成厚片的猪肚皮五花肉（德国超市有卖切现成的）扔进加足水量的高压锅里压熟，晾凉切块备用。土豆切成不规则滚刀块儿备用。炒锅放少许素油，加冰糖（或白糖红糖）不停翻炒，炒成红糖浆状后，将肉块和土豆块同时下锅翻炒，加酱油、加盐、加姜片（姜丝、姜

粒都行）、加花椒大料（或五香粉），因五花肉是已经煮熟的，只需添少许汤，大火烧开，转小火将土豆焖熟后，再大火收汁既成。由于煮汤时，肉里的肥油已经滤掉一层，剩下的油又被同烧的土豆吸收了大部分，如此一来，肉里的长链脂肪几乎都被去掉，那些肉眼难以分辨的短链脂肪就所剩无多了，眼不见则心净。上桌后你只需挑挑拣拣那些肉来下筷，保证肥而不腻、香滑润口、回味无穷，且富含胶原蛋白，是美容驻颜的良方。至于吸足了油的土豆，虽然也是美味可口，还是留给那些不明真相的馋家伙们长肉去吧。肉汤晾凉后放进冰箱，等凉透后汤上就会结一层白油，将白油撇去扔掉，下面的就是高汤了，用来烧菜煮面条，连调料都不必加，只放盐就够味了，出锅时再放些葱花香菜末，真是又营养又美味。触类旁通，用此方法烹烧肘子蹄膀等脂肪多的带皮肉类同样适用。

　　我这里所说的「减肥」二字是相对的，并不是说吃了我做的「红烧肉」反而变得身轻如燕了，而是用这种方法炮制的「红烧肉」能把这道美味的脂肪尽可能地减到最低，让你大块朵颐之后少增肥而已。

与「悍妇」为邻

　　Baby醒了，在咿咿呀呀地唤妈妈，我忙从电脑上抽身，去照应我的宝贝女儿。

　　天气不错，我把Baby收拾停当，准备抱她出去散散步，顺便将垃圾扔掉。就在我右手抱着Baby，左手提着垃圾袋极为不便地拉开大门刚要走出去时，电话铃却响了起来，我顺手将垃圾袋放在我的门口，回身去接电话。原来是相熟的文友打来的，我们正就某篇文章品头论足时，住在我对门的邻居——个五十多岁的单身女人竟杀上门来。只听她站在门外狂按我的门铃，然后双手叉腰地冲着我吼道：「你为什么把垃圾放在走廊里？还有Baby的东西！」我解释道：「垃圾是我正要丢出去的，我要带Baby散步，当然得随身携带Baby的东西，是因为我接电话耽搁了几分钟，况且我的东西是放在我自己的门外，你能不能说话客气点？」她不顾我怀中Baby的反应大喊大叫：「不行，即使这样也绝对不行……」我也火了，喝了声；「滚开！」就把门撞上。朋友在电话那端听得一清二楚，忙说：「你快扔垃圾去吧，别为这点事让她找你麻烦。」我们的话还未说完，就被这个心理异常的老太婆搅和得草草收场了。

　　类似的事件在我们去年刚搬来时也发生过一次，起因竟是我大女儿清晨上学时在门外和我道别，女儿走后，她来按门铃抱怨：「你女儿一出门恨不得让全楼都知道！」我当时就不

解，为什么正常的母女亲情在她看来竟如此不可接受？后来发展到她听不得女儿上楼梯欢快的脚步声。快乐是孩子的天性，你不能要求他们的行动像你老太婆般迟缓，且楼梯不是你一家的，这里是人住的地方，不能要求像坟墓般安静。我意识到这人可能心理变态，就没理会她，照样我行我素。然而，我女儿却很介意这个恶邻居的态度，早上出门前，她一改往日欢快的道别，搂住我的脖子在我耳边低低地说：「妈妈，再见！」然后把鞋子拎在手里，光着袜底蹑手蹑脚地下楼梯。目送懂事的女儿，我鼻子一酸，眼泪不争气地涌了出来。刚刚贷款买的公寓，图的是不再受德国房东的欺压，没想到却又摊上这样一个难缠的邻居。若不是当初为买房子跑贷款，签合同、公证、装修……活活让人脱层皮，真想一搬了之，怪只怪当时被这里的自然环境蒙住了双眼，忽略了人文环境。本来互相尊重、互相包容乃为邻之道，但是对不尊重你的邻居还能谈什么互相尊重？有气度也不等于甘心受气，作为一个外国母亲，我不会没事去挑衅，但遇见不公平的事却一定要自卫！

　　为了女儿有一个正常的生活环境，我不能再忍下这口恶气了！我委托律师给住房公司起草一封信，请求退房，并赔偿装修费用。因为在住房公司介绍情况时，隐瞒了一个重要的事实，就是这处房子不适合正常人居住。巧的是，这个老女人就是这家公司的员工，由于她的原因我们向住房公司索赔，说明她的怪癖直接影响到了公司的生意，可能是公司给她施加了压力，后来她托人转话来，声称想约我们一起喝咖啡，愿和我们做个好邻居云云。既然她有这个态度，我也乐得既往不咎，咖

啡是没兴致与她喝，成好邻居也不指望，最多见面时不再怒目相向，冷冷地点个头算是打了招呼。以后的日子各行其事，互不干涉，倒还清静。

当初她和我胡搅蛮缠时，还是单身，她的同事曾用她这个身份劝我不要和她计较，声称德国单身老女人大多有令常人难以接受的个性。可是没多久，我就看见一个骑摩托的小伙子在她家经常出没，起初我还以为他们是亲戚，也许这个老女人曾经结过婚有过儿子呢。可是我的这位邻居却并不给我想像的空间，她成心迫不及待地公开自己的个人生活：晚上，故意将两双大船一样的鞋子示威似地摆在门外，鞋的款式一致，生怕别人不知这是情侣鞋；早上趁大家都出门上班时和小伙子恋恋不舍地吻别，有时还甚至两人双双共骑一辆摩托，做秀似地和小情人搂背抱腰，贴在小情人后胸上的老脸作出少女般迷醉的表情。当时我正有孕在身，别的妊娠反应没有，就是见不得她这副德行，常被她搞得隐隐作呕。只可惜，老妪扮少的她并没能留住这份情缘，某天，小伙子不知为何，与她咆哮一通后扬长而去，留下她一人在家里摔盘子砸碗地破口大骂。这不，还没容我幸灾乐祸呢，我这个被爱情抛弃的老邻居就找上门了，这点破事也犯不上惊动找什么律师，装淑女有难度，当泼妇还不容易？

有时我抱Baby下楼时，Baby会兴奋地咿咿呀呀地唱着只有她自己听得懂的歌谣，如果被恶邻居撞见，她全然不理会我的主动问好，气哼哼地与我擦肩而过。虽然我们过自己的日子，不必在意别人的脸色和态度，可是当你正高高兴兴的时候她却

冷不丁地冒出来败坏你的兴致，这种人的存在对正常人真是一种精神虐待。俗话说：打蛇要打七时。这个恶邻居的七时就是见不得别人快乐，听不得孩子的笑声。所以我抱着Baby出门时故意将门撞得山响，意在告知她：我在你门外呢！她果然上当，在她门内大叫：「天啊，你怎么这样吵！」我充耳不闻，一屁股坐她门外的楼道上，大声地逗弄怀中的宝宝。宝宝天生爱笑，我一逗她，她咯咯的笑声在楼道里不断回响，这在我听来恰如天籁的美妙回声直刺激得她歇斯底里大发作，我本想激她出来大闹一通，因为当时是下午六点钟左右，哪家法律也没规定这个时辰不准在楼道里逗孩子笑，若真闹起来，理亏的肯定是她。遗憾的是，老女人并不配合，只在她自己家里隔着门发了一阵狂疯。我也无心恋战，走音跑调地唱着欢快的小曲一路雀跃着下楼了。「乒、啪！」身后传来了玻璃器皿被怒摔的脆响，我不由得将口中的小曲：「编、编、编花篮……」改成「气、气、气死你……」管她听没听懂，我只想让她知道，你德国老女人的无理取闹奈何不得我，而你所仇视的这个中国母亲的快乐却足以令你发疯。

　　诚然，我们生活在别人的国家里，也许要包容他们国民的劣根性，我可以包容她男朋友的大鞋摆在走廊里，也可以包容她半夜归家抖落钥匙的刺耳声音，公共地方每天都是我在打扫……可对方并不包容，有些事情可以尽量避免，可有些冲突是无法避免的，我不能不让我的Baby牙牙学语，我的女儿不能不走楼梯，我也做不到不和女儿道别……包容是互相的，如果只是单方面一味地包容，那就是屈就。

　　这个国度虽然不属于我们，可我们在这里奉公守法，靠自己的勤劳才干生存，我们的生活方式不容干涉，我们的尊严不容践踏。无论是德国人还是中国人，都应该懂得尊重他人的道理，因为，尊重他人就会赢得别人的尊重，相反，侮辱别人的同时也会自取其辱！

我在德国「拦路抢劫」

故事发生在小女儿出生不久。十月的最后一个星期五，上小学的大女儿因放秋假提前放学了，她回家就咳嗽不止又喷嚏连天，典型的感冒症状。我忙将刚满月的小女儿穿戴整齐，放在新买来价格不菲的婴儿车里，推着她陪姐姐去看儿科医生。

通常医生在周末只开诊半天，我甚至来不及预约，总算在十二点诊所下班之前赶到了。当我把婴儿车停在诊所门外的通道里时，见那里还停放着一辆破旧不堪的婴儿车，里面堆满了杂物。当时我还庆幸虽然成了当天最后一批就诊者，看来人并不多，无需长时间等候。我们进去时正遇到两个年轻的东欧女人离开，其中一个怀抱着婴儿，门外那辆破车一定是她们的。

医生很快就接待了我们，她只给女儿开了止咳糖浆，整个就诊过程不过二十分钟。等我们一出诊所的门，却不由得大惊失色，上星期刚给宝宝置办的「坐骑」转瞬之间竟不翼而飞了！再定睛一看，那辆破车还在，只是不见了里面的东西，只剩下了孤零零的空架子。当时我第一个念头就是：一定是刚才那两个东欧女人干的，很显然，她们将我们宝宝的车给偷梁换柱了，事不宜迟，追！我立刻返身回到诊所，简明扼要地向医生讲述了在她诊所发生的盗窃事件，并请求她告诉我那两个女人的住址。医生犹豫了一下，还是吩咐助手从电脑里调出了她们的登记材料，然后关照我：「如果在附近发现了车子要先报

警，千万不要贸然行事，电脑记录显示她们是南斯拉夫难民，他们的家族势力很大，你一个亚洲女人又带着两个孩子，一定要注意安全。按原则我是不该提供给你地址的，可除此之外我不知该怎样帮你，希望你……」我心领神会：「放心，我知道该怎么做，多谢了！」

辞别医生，我就左手抱着小的，右手牵着大的，循着医生提供的线索一路寻去。就在那条小路快走到尽头的时候，只见几个南斯拉夫女人说说笑笑地从一家大门出来，我一眼就认出推着婴儿车走在前面的女人正是我刚才在诊所遇见的，再定睛一看她手里的车，没错，正是我们那辆！我真服了他们，偷了人家的东西不老老实实地眯在家里，竟敢大摇大摆地招摇过市，就算你是强盗贼窝，莫非不是置身在德国的法制社会？真乃贼胆包天！顷刻间，我怒向胆边生，早忘了医生语重心长的吩咐，高喝一声：「你们给我站住！」趁他们发愣的功夫，说时迟那时快，我几个箭步穿过去，一把揪住推车的女人怒喝：「这是我们宝贝的车，还给我！」那女人争辩道：「车是我们新买的，不信给你看收据。」我厉声道：「我没兴趣，留着你的收据给警察看去吧！」说着我掏出手机就拨打110，不知是我过于气愤还是抱着孩子不方便，拨打几次都没信号。这时她们中另一个女人冲过来夺我手里的电话，被我单手推了个趔趄，那女人就地撒开了泼，冲底层的一扇窗户喊道：「来人啊，中国女人抢劫了！」窗户应声打开，探出一白一黑两个男人的头，只听他们哇啦哇啦一阵南斯拉夫话后，那个壮年男人对我威胁道：「你再不安静，她们会告你拦路抢劫，我们可都

是证人。」十岁的女儿哪见过这么贼喊捉贼剑拔弩张的阵势，连气带吓，一旁哇哇大哭起来，她扯着我的衣襟呜咽着说：「妈妈，就算车是他们的，我们快走吧，别吓着妹妹……」我只好安抚她：「你不可以这样懦弱，是咱们的就是咱们的，有妈在，别怕！」我抱一个搂一个，义愤填膺地吼道：「好呀，最好你们立刻就去告我，你们不告，我来替你们告！」说着我继续拨打110，这回我也不管接没接通，冲着话筒一通乱喊：「这里是某某街，发生了抢劫案，你们再不来就出人命了！」没想到我这一喊，她们竟扔下车纷纷狼狈鼠窜，我不折不挠地乘胜追击：「你们给我回来，把这堆破烂从我车里拿走！」那个偷车的年轻女人极不情愿地回来把塞在我车里的东西急急地往外掏，慌乱中不知是什么乱七八糟地洒得满车都是，她嘴里还骂骂咧咧：「还就还，你个臭中国女人！」我厌恶地说：「少废话，这车我不能要了，你得赔我新的！」这时，早有德国邻居闻声赶来，他们有的打电话叫警察，并纷纷掏出纸笔留下姓名、电话，自告奋勇地为我作证，有的安慰我那仍哭哭啼啼的大女儿：「别哭了，我的甜心，你应该为你母亲的胆略感到骄傲，我们都看见了，她是好样的！」还有一位抱着小儿的年轻母亲当面质问她们：「今天我亲眼看见你们推着一辆破车出去，很快就推回一辆崭新的婴儿车，正疑惑着你们从哪能这么快买回了新车，就看见这位中国妈妈找上门来，可你们却知错不改，仗着人多势众欺负人家，你们自己也有Baby，摸摸你们的心还在吗？」不知谁通知了社会救济部门，很快派来一位女士，她提醒我查看一下车里还少了什

么，是否有损坏，她会和有关部门协商赔偿，我敲窗将所缺之物一样样索回。

这些难民是当年波黑战乱的遗患，虽然德国政府花那么多钱救济他们，可金钱只能救济生活却无法拯救有些被战争扭曲的心灵。别看他们在这里衣食无忧，却缺乏安全感，经常像蚂蚁搬家似的顺手牵羊拿走不属于自己的东西，气得德国邻居也骂他们的连最起码的公德心都没有，其实他们才是战争的最直接的受害者，从这个意义上说也是一个可怜的群体。

虽然在这场正与邪的交锋中我大胜而归，可事后很多同胞朋友却责怪我的莽撞，因公差回国的丈夫听说后甚至打来国际长途关照：再遇到这类事宁可破财免灾，毕竟带着两个孩子，平安最要紧。我感激并理解亲友们对我发自内心的关切，认为他们的话虽不无道理，但我坚信：只要正气凛然，邪，不可能压正。相比之下，那些路见不平，仗义执言的德国人，他们的正义感和社会责任心确实令人佩服，这样的公民是法制国家的基石。

母亲节的康乃馨

　　这天是五月的第二个星期日，和每天一样，早晨起来，我推开通向阳台的落地窗，顷刻间，满目都是碧绿的草地和湛蓝蓝的天，一丝丝欧洲大陆特有的清风拂面而过，柔柔的，润润的，还带着一股沁人心脾的花香。我正陶醉于这浓郁的春之气息时，忽然惊喜地发现，一束鲜艳欲滴的康乃馨盛开在我的窗前，一定又是早起的邻居们悄悄放上去的。我想起去年由于丈夫工作的关系，我们一家旅居希腊时，在那个地中海边风光旖旎的克里特岛上，似乎也是在这一天，我莫名其妙地收到不少康乃馨。当时由于语言不通，我只当是热心的希腊邻居们这天心情好的缘故，可是一年之后的同一天，在另一个欧洲国度的大都市——柏林，怎会又出现相同的情景？正当我百思不解之时，门铃声大作，开门一看，是柏林华人基督教会洪牧师的妻子——洪师母手捧一束红红的康乃馨，满面春风地向我道贺：「母亲节快乐！」

　　我急切地请求：「快告诉我，母亲节是怎么回事？」

　　洪师母坐在沙发里啜着香茗，带着好听的台北口音，轻声软语地回答我的疑问。

　　原来，这是本世纪初一个聪明又善良的美国姑娘安娜最先发起的。当时，正是第一次世界大战全面爆发，青年人纷纷奔赴战场，而他们的母亲却由于惦念着儿女日日心神不宁、寝食难安。母亲们有的虔诚地祈求上帝，祷告战争早日结束，孩

子们平安归来；有的索性每天露宿车站，盼望着某一天她的孩子能从哪辆车上下来扑进她的怀抱里。安娜看到这一切深受感动，她觉得应该有一个节日来纪念这些平凡的母亲，来赞颂这伟大的母爱。最后，她决定将这个节日定在每年五月的第二个周日，因为她的母亲就长眠在这个日子里。从那以后，每年的这一天，安娜就将她母亲生前最喜爱的康乃馨敬赠给她所认识的和不认识的母亲们，她要用整个心灵把自己对母亲的深切怀念和爱戴播洒到每一个有母爱的地方。安娜的行动，唤醒了无数儿女对母亲的尊敬与热爱，「母亲节的康乃馨」更是感动了越来越多的人，渐渐地在西方形成一个习俗沿袭至今。每到这一天，花店里的康乃馨就会供不应求，儿女们纷纷借此机会向母亲表达自己的心声：妈妈，孩子永远爱您、感激您！母亲们如果这天带着孩子外出，路遇的行人无论认识与否，都会微笑着向她道声：「母亲节快乐！」

故事讲完后，洪师母笑吟吟地邀请我们一家参加下午的母亲节活动，她告诉我们，届时将有洋牧师来做关于母亲节的证道。临告别，洪师母还不忘叮嘱我：「今天可是我们的节日，下午一定要来，别忘了穿漂亮些哟！」

可叹我带着女儿随丈夫在欧洲闯荡了两个年头，连续收到母亲节的康乃馨，竟还不知所以然，如此说，今天洋牧师的证道，我真该去认真听听了。

下午，我们一家如期而至。虽然我们对基督教一直抱着尊重的态度而并未真正加盟，但教会的朋友们却对我们关怀有加，其诚挚之情使远离故土的我们觉得很温暖。

　　教堂的讲坛上，精通中文的洋牧师正就如何尊敬母亲、孝顺母亲的话题侃侃而谈，当说到：「今天应是母亲们放松的日子，也就是我们做父亲下厨房的日子」时，台下一位男同胞大发感慨：「如此说来，我老婆是天天过母亲节了！」引起一阵哄堂大笑。

　　洋牧师证道完毕，宣布：「请今天在座的所有母亲到台上去，接受献花。」话音未落，只见小孩子牵着小母亲、小母亲扶着老母亲争先恐后地拥向前台，就连小宝宝还未来得及降生的孕妇们也昂首挺胸地走了上来，洪牧师见母亲们都已在台上站好，就宣布说：「现在，请丈夫们带着你的小孩到我这里拿一枝康乃馨，去献给他们的母亲，单独来的母亲们不要着急，最后我们教会的兄弟姐妹会向你献花的。」顷刻间，教堂里一片笑语喧声，一簇簇康乃馨盛开在我的身边。这时，一位年轻的台湾绅士见我许久无人问津，遂善意地递给我一枝康乃馨，我连声道谢，正要伸手去接，洪牧师却又发了话：「我可是亲眼看见雨欣是由她先生陪着来的，这位弟兄当心不要表错了情哟——」好一个爱开玩笑的洪牧师！我只好收回欲接花的手，目光急切地搜寻着丈夫。原来，他正忙着在二楼的贵宾席上为我选角度按快门呢。眼看牧师手中的鲜花就所剩无几了，急得我顾不上再继续矜持，冲着他又是招手又是跺脚的，他总算如大梦初醒，抱着女儿匆匆奔下楼来。可是牧师手中怒放的康乃馨早已被别人的丈夫抢光，他只能悻悻地送给为妻我一枝团得紧紧的花骨朵，我才不在乎呢，只要是从他手里接过来的就高兴。于是，我把这枝花骨朵高高举过头顶，让他将我这备感幸福、骄傲的瞬间定格。

当母亲们手擎着色彩纷呈的康乃馨笑容满面地从台上走下来时，耳畔又传来声声祝福，人们纷纷伸出手来，和母亲们握手道贺。这时，一个台湾教友迎上来友善地握住我的手说：「祝福你，也祝福你的母亲！」没想到，他这句祝福竟引出我尘封多年的伤痛，他哪里知道，我的母亲，在我二十一岁的时候就如春蚕般吐尽了最后一口丝，离开了这个令她万般留恋的世界，病魔无情地夺去了她年仅四十九岁的生命。在这个温馨祥和的日子里，作为长女的我却身在异国他乡，不能到母亲的灵前，为她献上一束鲜花一声问候，念及此，我禁不住潸然泪下。丈夫见我如此光景，不知是他真的误会了还是故意曲解我，竟一个劲地赔不是：「都怪我送给你一枝那么不起眼的小花，其实那是我故意挑的，说明你虽然已是两岁多孩子的母亲了，可在我心里依然像这枝小花一样——含苞待放！」一句话说得我破涕为笑了，嘴上佯嗔他的话有牵强附会之嫌，可心里还是美滋滋的。

傍晚回到家里，丈夫帮我把这一天收到的康乃馨小心翼翼地插在花瓶里，然后就撸胳膊挽袖子地和我抢着下厨房。他的理由还挺充分：「你没听见人家洋牧师说吗？今天该是当母亲的放松，当丈夫的下厨。」我说：「他是指西方社会那些大男子主义者说的，他们一年里也许只有这么一天的机会当好丈夫，而你却天天都是！」为了及早防止他鼓捣一些不中不西的东西倒我胃口，我不失时机地赠他一顶高帽戴戴，他听了果然乐颠颠地罢手了。

　　饭菜上桌，没想到今天一直兴致勃勃的他竟忽然深沉起来，只见他缓缓斟满两杯啤酒，表情肃然地问我：「小母亲，你说今天这第一杯酒该敬谁？」

　　我心头一颤，也同样肃然地回答：「该敬我们俩唯一的老母亲！」

　　这时，他眼里已是星光闪闪，我俩举杯一饮而尽，然后，抱起女儿面向东方——我们的老母亲翘首盼儿归来的地方，深深地、深深地鞠了一躬……

　　　　　　　　　　　　　　　　一九九四年五月于德国柏林

今人不见古时月，今月曾经照古人

中秋团圆日，少不得呼朋唤友聚在一起，笑语喧声把酒言欢，以抵御他乡明月的清冷。

每年的中秋，曲终人散后我都会给月亮拍一张照片，虽然夜里悬挂在天上的玉盘光洁明亮，有时还能看见明月周围好看的晕圈，可拍在相机里也就是漆黑背景下一个圆圆的亮点。年复一年，我的电脑里存下了许多张不同时期拍摄的同一个「亮点」。就算你保养得再好，人的容颜每年都会有所变化，可是天上这轮明月，不知经历了多少沧桑岁月，至今依然皎洁。可惜的是，今年的中秋之夜，竟然是云遮月，举头仰望，我只看见透过云层清淡的月光，却看不见那轮明月。

俗话说：十五的月亮十六圆。昨天恰是八月十六，这晚的月亮果然是不负众望地金黄耀眼。为了拍好它，我甚至还站在一只高凳上，以为这样就能离月亮近一些呢，想想不免笑自己傻气。

虽然中秋已经过去了两天了，可我的月亮情结仍挥之不去，今天给几个大孩子上中文课时，触景生情的我把原计划要讲解的散文临时改成了介绍李白的咏月诗。我觉得李白的一生就是与诗酒月亮紧密连在一起的，他的咏月诗无论是脍炙人口的〈静夜思〉还是抒发孤寂情怀的〈月下独酌〉都是那么让人过目难忘。就连他的告别人世，都离不了诗酒月亮的

陪伴，因为那是他在狂饮之后义无反顾地扑向了水中月亮的倒影。可以说，月亮既成就了李白的浪漫，也成就了李白最后的悲壮。在给学生讲解李白与月亮的关系时，讲到动情处，忍不住又吟诵了李白的〈把酒问月〉：「青天有月来几时，我今停杯一问之：人攀明月不可得，月行却与人相随？皎如飞镜临丹阙，绿烟灭尽清辉发？但见宵从海上来，宁知晓向云间没？白兔捣药秋复春，嫦娥孤栖与谁邻？今人不见古时月，今月曾经照古人……」

　　我以为，李白豪放的诗句会引起学生们和我一样的共鸣，可当我遇到他们那一束束懵懂茫然的目光时，忽然明白了，这已经是与我们完全不同的一代人了，他们虽然长着和我一样的黑眼睛黄皮肤，可在他们的心里，却根本不知乡愁为何物，因为生长在异国的他们早已经错把他乡认作了故乡。

果园遐思

朗朗秋日，累累果实。

我和几个朋友怡然自得地漫步在柏林近郊的苹果园里，虽然手中的篮子已盛满了，可还是抵御不住那一个个沉甸甸悬挂在枝头的诱惑，伸手踮脚地采摘下来，间或像浑沌之初的亚当夏娃一样，捧着一只青里透粉、粉里泛红的大苹果，忍不住一口咬下去，咀嚼着那份脆生生的甘甜，顷刻间满口生津。

按照德国果园的管理惯例，前来采摘果子的人是可以边采边品尝的，只要牙齿够硬、胃口够好，基本上是想吃多少就吃多少，能吃多少就吃多少，最后他们只按照你手中篮子里的果子称重结算。所以，在果实成熟的季节里，成群结队呼朋唤友地到郊外果园里去摘果子，不失为一种热闹欢快其乐融融的休闲方式。当我拿着一只大苹果正端详着时，果园的主人——那位黝黑健硕的德国小伙子冲我大喊道：「别光顾楞神呀，快咬下去，吃到嘴里才能知道值不值得摘下它们。」言语中充满了丰收的喜悦和自信。他哪里知道，此时此刻，置身在欧洲这隅一望无际的果丛中，我的思绪早已穿越时空岁月，飞过万水千山，回到了天那边的家园，我仿佛又看到了那间冰天雪地中温暖的小屋，小屋里围坐着四个兴奋地守着一篮苹果过年的孩子和孩子们欣慰的母亲。

那四个孩子就是三十年前的我和我的兄弟姐妹们。当年，我们兴奋是因为过年终于能吃上平时难得一见的苹果了，母亲欣慰是因为这篮苹果实在是来之不易又失而复得。

记得那年的冬天真是冷啊，家家房檐上悬挂着一柱柱冰棱，玻璃窗上也封满了厚厚的霜花，刚刚在学校里学会写字的我用彩色铅笔给驻守边疆的父亲写了一封五颜六色的信，写不出来的字只好用画代替，图文并茂地表达了我和弟弟妹妹对他的思念，希望他能回家和我们一起过年。不知过了多久，爸爸回信了，信是由妈妈读给我们听的，爸爸在信里抱歉地说，由于部队任务重，春节就不能回家了，但是他会把一筐苹果送到火车上，委托列车员帮忙捎回来，到时候到火车站取就是了。那是从四面八方给边防将士们送来的拥军物品，爸爸平时舍不得吃，用当地报纸一个个包好攒起来的。信的结尾，爸爸关照我，下次再给他寄信时别忘了朝妈妈要一张八分钱的邮票贴在信封上。我才知道，那封虽花花绿绿却没有邮票的信居然也准确无误地飞到了爸爸的手中。

苹果运到那天，我们家里比过年还热闹，不光我们姐弟人手一个，邻居的小朋友们也都有份，我们举着苹果蹦蹦跳跳地啃着，别提有多开心了。妈妈规定，这以后，我们姐弟四个每天一人一半分吃两个苹果，这样坚持到过年时，家里还会有水果吃。然而，还没等到过年，我们就没有苹果吃了，因为一个雪后的早晨，上早班的妈妈发现我家的地窖门被人给撬开了，钻进去一看，冬储的大白菜土豆虽然没少却都冻坏了，那筐苹果已经不翼而飞。妈妈气得当时就哭了出来，还跑到附近的派

出所报了案。事情发生后，很快就来了两个民警，勘察了半天也没什么结果，因为连夜的大雪早就复盖了一切可疑的痕迹。妈妈嘱咐我不要告诉爸爸，如果让他知道自己省吃俭用又千辛万苦捎回来的苹果，自己的亲人没吃到反倒落入了贼口，肯定会非常伤心的。

就在妈妈筹画着如何带孩子们度过这个伤心失望的春节时，派出所的民警却出现在我们家里，并告诉我们说，苹果找到了，小偷也抓到了，竟然是校区影院放映员那个上中学的儿子，苹果和人都还在派出所里，正等着妈妈去发落。妈妈听到后，一把抓起外套，边穿边走还不忘急切地询问：「你们没把他怎么样吧？吃几个苹果不要紧，可别把孩子吓坏了！」

那筐苹果除了被放映员的几个孩子吃掉的，除了妈妈过年分发给亲友的，到大年夜，我们还能守着一篮子苹果过年，在那个年代，还真是很奢侈的幸福呢。

我曾好奇地问妈妈，警察叔叔是怎么帮我们找回苹果的。妈妈说：「爸爸不是用他们驻地的报纸包的苹果吗？警察叔叔知道这个细节后就在附近的垃圾点守着，看谁家扔的垃圾里有那种报纸谁就被盯上了。」据说，当时他们是把这筐苹果作为要案来破的，而且投入了很大的警力，并不是这筐苹果本身有多重要，他们对妈妈说：「驻守边防是孩子父亲的责任，守护他的家人是我们的责任。」

那个军民鱼水情的年代！

如今，母亲早已乘鹤西去，父亲也年事已高。站在果树下，我对天上的母亲说：「妈妈，如果你在世，我一定带你来果园里摘苹果，在果园里，你可以尽情地品尝，你再也不会为儿女们过年吃不上苹果而伤心了！」

回到家里，我对着电话那端的父亲说：「爸爸，如果你肯来德国，我一定带你去果园里摘苹果，在果园里，你可以尽情地品尝，你再也不会为儿女们过年能吃得上苹果而省吃俭用了。」年过七旬的父亲笑声依然爽朗：「傻丫头，你替我多吃一些吧，别忘了老爸的血糖高，牙也怕酸。」电话这端的我，手仍然握着话筒，眼泪却不争气地流了下来……。

终于如愿以偿带父亲来到德国的苹果园

可怜天下父母心

父亲来德探亲三个月，饮食上一直以粗茶淡饭为主，每天离不了小葱拌豆腐、黑麦面包和继母亲手生的嫩豆芽，随着二老的饮食习惯，三个月下来，不知不觉中我的体重也减了几公斤。父亲拒绝吃荤，说是对他的血压不好，他只喝豆浆，不喝牛奶也不吃鸡蛋，说是怕血脂高，继母也嚷嚷着肠胃不畅，黑麦面包倒是最佳的健胃食品。

由于住在近郊，为了充分尊重父母的生活习惯，我只好每天开着车跑到市中心的亚洲店给他们采买新鲜豆腐和嫩葱，又买来磨碎机，然后四处搜寻新鲜黄豆，以保证每天早上让他们喝上新鲜豆浆。继母爱吃的黑面包也是我专门到绿色食品专卖店里买来的，那种面包又酸又贵，平时我从来不买。继母制作的绿豆牙虽然很新鲜，但制作过程却很复杂，需要不停地换水，虽然德国私人住房的水费价格不菲，但一想到要保证二老在这三个月期间吃住遂心所愿，也就不计较这点得失了。

三个月转眼即逝，父母回国后，我和在国内的小妹通电话时，说起老人们的生活习性，小妹告诉我说：「他们那是怕你破费，在帮你省钱呢。爸回来和我说了，你姐在外面也不容易，我们出去看她过得不错就心安了，我们回国什么好吃的吃不到呀，哪能让她在一日三餐上为我们破费？我们毕竟就呆三个月，她的日子还长着呢！」

　　听了小妹的话，我不禁楞在那里哑口无言，老爸呀老爸，让我说您什么好？您知不知道，德国的小葱多少钱一公斤？鸡蛋多少钱一公斤？小葱绝对比肉还贵呢！您那新鲜豆浆和豆芽的生活方式在这里绝对可称得上贵族了，还有我每天进城昂贵的汽油费您为我算过吗？

　　父亲只知道心疼女儿，却忘了西方的价值观和中国的差异。

　　我只知道顺从父亲，也忘了他老人家胸中还揣着一颗拳拳中国心。

　　如果父亲有机会再来我这里住一段时间，我决不再听信他的健康神话，我要天天给他老人家烧他真正喜欢吃的山珍海味鸡鸭鱼肉，去他的小葱拌豆腐和豆芽菜黑面包！

我在德国办学校

从小就对文学怀有浓厚兴趣的我在德国生活十几年来，从未中断过笔耕。最初仅仅是对身在他乡的一种精神寄托和情感的宣泄，久而久之，竟然不知不觉地走上了文学创作的道路。即使如此，我心中一直以来仍有个殷殷的心愿，就是在德国办个具有自己特色的中文学校，即能发挥自己的语言特长又能传播中国文化，还能自食其力在他乡立足生存，真可谓一举多得。许多生长在海外的华侨子弟，虽然长着黑眼珠黄皮肤，却是满口的洋腔调，说起中文来更是怪调百出，有的在思维上干脆就和母语文化断层了，看到这些，更有一种强烈的弘扬祖国文化的使命感。

确切说，我的第一个学生应该是我女儿。虽然我没有为她定时定点刻意地安排中文课，但在日常生活中却是利用一切机会不动声色地向她灌输，久而久之，这种潜移默化的影响使她在不知不觉中自然而然地对学习中文产生了浓厚的兴趣。在她读中文书籍或看中文节目时，随时会提出一些问题，有些带有文化背景和历史渊源的问题我也尽量不厌其烦地给她解释，使她在我这里学到的不仅仅是中国语言，长此以往，女儿对中国文化也有了初步的认识。并连续几年在《人民日报》海外版、中央电视台等一些媒体联合举办的世界华人小学生中文大赛中，她都凭借优秀的中文写作能力获得大奖。女儿取得的成

绩使我有了信心，推己及人，便滋生一个强烈的愿望：在异国他乡办一所自己的中文学校，当一名特殊的教育者，专门向渴望了解中国的国际友人，和在特殊语言环境下生长的孩子们传播中国文化知识。为了这个目标，二〇〇五年的夏天，我还专程飞回中国，整整一个月，每天在酷热烦闷的桑拿天里早早启程，融入熙熙攘攘的车水马龙里，赶赴北京语言大学如饥似渴地进修汉语教学课程。经过100多个小时的苦读，一路过关斩将，终于修成正果，以优异的成绩顺利通过结业考试，证书是北语的副校长——资深语言学家石定国教授亲自颁发的。当时，我手捧着这本沉甸甸的证书，真是有万千感慨，它不仅是我一个月挥汗苦读的证明，更是对我多年来透过勤奋笔耕、积累文化知识、牢固语言基础的肯定。

　　进修结束后，我刚刚飞回柏林，还未等角色转换过来，就接到一个熟人的电话，这是一位在柏林华人界颇负盛名的商界女强人，既有成功经商的经验又具备万方仪态，同时还是一位望子成龙的母亲。在电话里，她急切地问我：「听说你进修汉语教学回来了，何时开课呀？我准备把我的两个儿子和一位朋友的女儿都送到你那里学习。」我说：「学校正在筹备中，何时正式开学尚未确定，还得联系教室呢。」她快言快语：「三个孩子已经能组成一个小班了，还筹划什么？你的书房不是有足够的空间吗？就在那里上课好了，这周末我就把孩子送过去，你定个学费的标准吧。每周一次课，每个周六上两小时，早晨头脑清醒，就从早9：00～11：00，行不行？」我没想到，学校还未正式挂牌，学生就主动上门了，为了有个良好的

开端，更不愿委屈了
我这头三名学生，剩
下的几天里，我一边
忙着翻资料备课，一
边马不停蹄地跑家具
店，办齐了课桌课椅
等教学设施，还特意
买来一块大写字板挂
在书房的墙壁上，如

此一来，我的书房俨然就是一间非常正规的教室了。因为平时
对这三个孩子比较了解，我参考了大量的教学资料，结合他们
的日常生活，专为他们量身定作了一套教学方案，为加强孩子
们的参与意识，甚至连对话练习都是我用他们的名字以他们
的口气逐字逐句输进电脑里，然后又一页一页打印出来的。为
了这次只有三个学生的中文课，我可谓煞费苦心地倾注了满腔
的热情。

为使课堂的气氛更加活跃，在开课的头一天晚上，我又积
极动员我的女儿参加这个学习小组，女儿说明天中午已经约了
同学去参观博物馆，经我一再向她保证11：00准时下课，误不
了她的约会，中文程度已经很好的她才勉强答应给我捧场。

第二天周六，我很早就起床把教室整理一番，早晨气温低
又担心冻着孩子，便早早打开暖气，备好早餐，把女儿从周末
一贯的懒觉中唤醒，硬着心肠对她极不情愿的表情视而不见。
用过早餐收拾停当，时针已经指向了8：50分，我把女儿带到

书房，翻出一套国内小学不同年级的语文课本，一边检验她读课文的流利度和对词汇的掌握程度，一边等那几名学生。直到女儿把从四年级到六年级有难度的课文都通读了一遍，他们仍然没来。此时挂钟上的指针已经毫不留情地指向了11：00，正是我答应女儿的下课时间，我只好打电话过去询问，那位母亲连说抱歉：「儿子们还未起床，我又不敢催他们，怕有逆反心理，从此不学母语了，要不下午学吧。」因为下午我已约了采访，只好回绝：「我下午没时间，要么马上来，要么就只好取消。」她忙说：「我马上叫他们起床就到你家，你给我20分钟。」我女儿一旁听到了我们的谈话，带着哭腔说：「还要20分钟？我还有事呢，今天可不可以不学了？你让我先走吧！」万般无奈，我只好给她放行。

　　这边刚答应放走女儿，那边他们也终于姗姗来迟。这堂课的第一个小时是母亲陪着儿子上的，期间还不时地提醒我：「别太严厉了，对他们不能要求过高，得哄着来，要不他们就又罢学了。」可怜天下父母心，她道出了从小生长在海外的孩子学中文的普遍难点，我也只好循循善诱地哄着这几位个头比我还高的半大少年学习母语。课上到一半时，只听妈妈温和地询问儿子：「妈妈今天就不陪你们了，你们想和这位阿姨学就留下，不想学就和妈妈回家。」少年竟然表示要继续留下，当母亲的终于松了一口气。

　　中秋前夕，孩子们还特地跑到我这里，问我住在月亮上的那个仙女是怎么回事，我借机给他们讲了嫦娥奔月的故事，还教他们念了一首李商隐的七言绝句《嫦娥》：云母屏风烛影

深，长河渐落晓星沉。嫦娥应悔偷灵药，碧海青天夜夜心。孩子们反复吟诵着，一副若有所思的样子。

如今，以我名字命名的雨欣柏林中文学校已初具规模，我的学生们在历届作文大赛中都取得了可喜的成绩，他们那一双双渴求母语文化的目光，坚定了我在海外办学、传播祖国文化的信心。

仁者的山，智者的水

应大女儿露露的邀请，在柏林电影节前期牺牲了两场电影，忙里偷闲，参加了他们的柏林中小学生现代舞剧汇演。

平时也经常听到她参加排练的一些小花絮，点滴了解到在这部舞剧的剧本产生之前，指导老师曾经让大家每人写一篇剧本情节大纲，结果最终被选中的竟然是露露的手笔。然后大家在露露那部剧本雏形上再进行多次加工，丰满人物丰富剧情，最后由戏剧老师统一编导。也曾听到露露的抱怨，说既然是她的创作理念，为什么她的出场时间比别人少那么多？这让我不由得联想起她上小学时因为圣诞演出所发生的故事。

那年，我为了给她争取一句台词跑到学校，因为一连三年露露都没等到一句台词，而且连续三年在圣诞童话剧里没有说上一句话的学生，全班近三十人里也只有露露一个。第一年剧本出来后，露露对老师说：「老师，我也要说话！」那位五十开外，在教学方面颇有口碑的女教师回答道：「今年就这样了，明年再说吧。」第二年圣诞前夕，剧本下来后，露露还是没有一句台词，她又找到老师，仍然是那句话：「老师，我也要说话！」还是同一位女教师，她轻描淡写地回答：「你说晚了，剧本我已经写好没法改，下回你要提前告诉我。」可怜的露露，这一等又是三百六十五天，终于等到了又一个圣诞的来临，这回，露露早早地跑到老师那里，仍然是那句话：「老师，我也要说话！」老师说：「知道了。」可是，剧本下来

后，露露的角色仅仅是伴舞，还是没有一句台词，这回孩子的心理承受能力达到极限了，回到家里就号啕大哭起来，边哭边诉委屈：「虽然我是外国人，德语没有同学说的好，可我又不是哑巴，我不要像同学一样多说，只要在台上说一句，就一句呀……」我忍着眼泪找到那位班主任，刚说明来意，那位老师就凶巴巴地冲我吼道：「台词台词，又是台词！说话的是角色，不说话的也是角色，伴舞难道就不是角色了吗？我没时间听你说这么无聊的问题，闪开闪开，我得上课了！」一时间，我突然感到，她本人就是她亲手执导的那部童话剧里的老巫婆，我怎么能把一个甜美精灵的女儿放在这个穷凶极恶的老巫婆身边？于是，我疯了一样冲进班里，一把拽出正要上课的露露，赌气在第一时间开出了转学证明，班主任也疯了一样追出来，喊到：「你把我的学生还给我！」我回敬她：「我要找一个能让我说话的地方去说，当我女儿的老师，你不配！」。

当晚，很多同学的家长来到我家里劝我不要意气用事，因为露露在读的学校是柏林最有名气的音乐专业小学，很多学生从很远的地方赶来入学，甚至一个位置要等上好几年，而我们作为外国人，把孩子送到那里时根本没了解那么多，不过是因为学校就在家门口孩子上下学方便而已。透过德国家长们的劝说，我还了解到，如果我为了几句台词就一意孤行的话，那位班主任老师几十年积累的名望将功亏一篑，很可能还会因此失去工作。那件事最后果然惊动了校长，家长代表出面把双方约到了一起，校长和班主任代表校方，家长代表和我们代表学生方，当时那位老师的辩解是：她写了露露的剧本，就是还没

来得及告诉露露呢，我这个当妈的就闹起来了。说着还真把剧本亮了出来。我明明知道那是事情发生后，老师迫于压力连夜给露露赶写的一场剧本，也就不再得理不饶人地揭穿她了。经过协商后的结果是：增加露露的台词戏份，角色虽然是王宫里的厨娘，但总比根本没有角色要好。而我们要做的就是立刻把露露转走的学籍再转回来，将此事造成的不良影响降到最低限度，至此，那场轰轰烈烈的台词风波终于得以和平解决。

时光荏苒，五个三百六十五天倏忽而过，今天，身为美少女的露露恐怕再也不会为一句台词而嚎啕了吧？且我知道，在这场十五分钟的舞剧里，演员们没有一个角色是有台词的。所以，这次一直到临出发前，我都认为此行就像她小时候的每一场有台词或没有台词的演出一样，我的出席不过是对她辛苦排练的肯定，说穿了，就是捧个人场而已，孩子的演出，原则上好与不好，家长都是理所应当到场祝贺的。

然而，这出名为《日全蚀》的舞剧，却大大出乎我的意料了。只见帷幕拉开后，柔和温馨的背景下，少男少女们双双对对地在轻松欢快的乐曲声陆续舞出，他们身着轻盈随意的服装，赤着脚板渐渐地舞成了无数个和谐的圆圈。接下来，他们的舞蹈动作发生了变化，只见有的横卧在草地上自由地扭动，有的坐在那里抱膝望天，还有的舞起了西班牙斗牛士……整个舞台呈现了一个无拘无束自由自在的欢快场面，似乎大家都在这样一个和谐随意的场景下，等待日全蚀的到来。直到这时，露露还未出现，我不禁为她捏了一把汗，生怕她因为角色小又闹情绪，正想着回家如何开导她呢。恰在此时，只见身穿红T

恤，运动裤，脚蹬运动鞋，身背双肩包的露露猛然间跳出，深埋着头单腿跪在舞台的正中央，此时欢快的音乐声戛然而止。虽然露露身上的装束就是她平时的穿着，可是，在那种氛围里，在那群自由自在的孩子们中间，她原本平常的出现，竟显得那样的突兀和另类。不光台上的孩子们惊愕了，连观众席上都对她这一出乎意料的出现错愕得一片寂静。在杂乱无章的背景音乐中，被围在中间的露露的舞姿即揉和了太极的动作又掺杂着武术的痕迹，只见她根本不顾周围同伴的诧异的目光，自得其乐地舞着，也带动了几个少男少女跟在她的身后笨拙地模仿。通过舞蹈内容，观众体会到这期间有冲突，有试探，有和解……总之，露露这一另类舞者的出现，无疑打乱了大家原有的和谐与轻松，最后，在一群赤足德国孩子的群舞包围中，露露无奈地放弃了自己独特的太极式舞蹈，试图按规定旋律迎合大家的舞姿，可那舞姿又显得那样的生硬和无所适从……

当时，我的座位正好在楼上的正中间，当我居高临下地望着女儿顶着一头黑黝黝的浓发在一群金发少年男女中间顽强地起舞时，我深切地体会到了她的孤独，她的抗争和渴望。她曾经那么强烈地渴望融入她所在的环境，这个环境也曾经那么漠视甚至排斥她，在她所在的那个别人眼里和谐轻松的环境里，她不明白，为什么小小的她是他们眼中的异类，为了被理解被融合，她一直在努力着，坚持着……想到这里，我的眼睛模糊了，我做梦都没想到，我那年仅十五岁的女儿，会用她的肢体语言把她这些年所受到的委屈和不公平揭示得如此透彻淋漓，她从前所遭受的挫折必将成为她今后人生的财富。

　　舞剧的高潮，日全蚀出现了，顷刻间全场陷入一片黑暗之中……当灯光重新点燃的时候，舞台中央的露露消失了，只留下了她那黑色的双肩包。孩子们对着那只普普通通的双肩包，有的陷入了沉思，有的在四处寻找……舞剧在观众热烈的掌声中落下了帷幕，露露在小伙伴们的簇拥下长久地谢幕。

　　演出结束后，我和露露一起参加了新闻发布会，在那里我遇到了这出舞剧的总导演，露露的现任班主任老师，同样也是一位五十开外的女士，我向她谈到了我本人对这出舞台剧的感悟和理解。我认为，它表现了两种不同的文化在冲突和碰撞中即排斥又融合的主题，作为主体文化，当面对外来文化的介入时，无论你采取什么态度，外来文化都会或多或少地对主体文化产生影响，就像舞剧的结尾，作为外来文化化身的露露虽然离开了，但她留下的那只双肩包还是让人陷入了沉思。女儿听了我的理解很不以为然地说：「妈妈以为自己是文化人就把什么都往文化上引，其实我写这个提纲的时候，就想说我需要朋友，我想要做我喜欢的事情，别人可以跳迪斯可，但不要感到我练中国功夫奇怪就好。留下书包就是想说，假如我回中国了，过去的朋友们会想我的。」虽然露露在呈交内容提纲的时候不会想这么多，但是她的新班主任老师承认，她的确是从这出舞台剧浅显的故事里挖掘出了深刻的内涵，并通过孩子们的舞姿传递了出来。

　　我在这件事中得到的启示就是：千万不要小瞧孩子们的观点，往往他们小脑袋瓜中看似简单的主意，说不定何时成就了仁者眼中的山，智者眼中的水。

此猪耳非彼猪耳

那日外甥女的学校里有派对，她特意邀请我家小女与她同去。在送小女参加她小表姐派对的途中，经过一家蛋糕房，小女便吵着要吃「猪耳朵」。她所说的猪耳朵和中餐通常概念里的猪耳朵完全不是一回事，那是德国最普通不过的一种甜点，即：经过发酵的面饼被卷成一圈圈猪耳朵的模样，外面洒上一层厚厚的香草糖粉，经过烤制后，就成了小女最爱吃的香脆甜点「猪耳朵」。

在满足了小女儿的愿望后，她那一声声要吃「猪耳朵」的要求却勾起了我另一番对「猪耳朵」的食欲，这里我要说的「猪耳朵」绝对是正宗的中国传统美食下酒菜，当年在家乡，任何一家街边小餐馆里都能找得到，物美价廉，营养丰富，据说里面富含胶原蛋白和动物软骨组织，还是美容佳品呢。然而，这种在国内寻常可见的东西在德国却不容易见到，偌大的首都柏林，似乎就一家名叫瑞尔的大超市里有，可这家大超市离我家竟然比到另一座城市波兹坦还远呢，去一回瑞尔无异于计划一次郊游了。可是，今天在回家的路上，从猪耳朵衍生出来的一系列美食走马灯一样在我眼前不停地晃来晃去，从酱猪耳、香糟猪耳、东坡猪耳、透明猪耳一直晃到蒜泥凉拌猪耳……我实在忍无可忍了，立即登上了开往大超市瑞尔的地铁，今天就算翻遍柏林的超市，也要搞到猪耳朵。

乘地铁在经过利物普广场转车时，发现地铁里怎么突然冒出来这么多人？车厢里竟然座无虚席摩肩擦踵，这种盛况过去在柏林是很少见的。出了地铁站来到熙熙攘攘的大街上，只见往来穿梭的行人中，夹杂着很多中国留学生模样的脸孔，心里不免诧异着：柏林什么时候接纳了这么多的中国学生？难怪平时看不到他们，原来都集中生活在这一带了。

最后，我终于如愿以偿买到了猪耳朵，价钱也不贵，也就是普通肉价的三分之一吧，晚上回家可有事做了。一路上，我仍然不停地在想：这个地段为什么如此吸引中国留学生呢？不知道这里离卖猪耳朵的瑞尔大超市近是不是吸引他们的原因之一。

平安夜的不速之客

圣善夜，平安夜。

二〇〇七年的平安夜因老公的缺席，一直兴致不高。本打算带着孩子乘坐游轮在海上度过，可这个计划因为种种原因，直到圣诞的钟声敲响了也没能实施。所以，那个圣诞夜一如往昔，叫来波茨坦留学离家在外的孩子们过来一起热闹一番。

为了让孩子们高兴，圣诞老人的适时出现是必不可少的节目。今年扮演圣诞老人的重任就落在了刚来不久的黑小子小崔的头上。还别说，高高大大的小崔换上圣诞老人的一身红衣红帽，再戴上飘然的白胡子，还真能以假乱真呢，尤其是那一口流利的英文，让小女莉莉和外甥女丁丁都相信了他是从遥远的北极赶过来的。更为搞笑的是，在派发礼物的过程中，大家事先给他本人准备的礼物上，被调皮的露露故意用德文和英文写上「圣诞老人」一词，让这位刚上任的圣诞使者一时没反应过来，竟然拿着自己的礼物满屋大喊大叫着寻找：「这是给『Weichnachtman』的，『Weichnachtman』来了吗？谁是『Weichnachtman』呀？快来拿你的礼物！」露露对这位忘我的圣诞老人很是不敬：「喂，你老糊涂了，把自己的礼物也拿来派发，不要可是归我了！」小崔这才恍然大悟，原来他为大家带来欢乐的同时，大家并没有忘记他这个白胡子的「圣诞老人」。

　　每件包装精美的礼物都各归其主后，大家正兴致勃勃地拆看各自的礼物，同时不忘打趣已经背着孩子偷偷卸下装束的小崔，这时突然听见露露一声惊叫：「门外有怪物！」因为露露经常会搞这样的恶作剧，所以谁都见怪不怪，都不以为然地说：「露露你别逗了，这可是平安夜，哪来的怪物呀，你不是嫌礼物少，盼着再来一位圣诞老人吧？」这回露露是带着哭腔指着客厅的落地窗外惊恐万状地说：「看看看，怪物的身上长着银白的毛，眼睛还闪着绿光呢！」大家闻声望去，果然看到了这位不速之客，在圣诞彩灯的映照下，只见它那身银白高贵的皮毛闪闪发亮，身后透迤地拖着一只蓬松的长尾巴，正透过玻璃窗向室内的我们窥望呢。大家不由得惊呼起来：「狐狸！好漂亮的银狐！」这一声显然惊动了这位不速之客，只见它敏捷地越过花园的栅栏，跳到隔壁邻居家的花园去了。镇静下来的我们这才发现，原本整洁的花园被这只狐狸搞得一片狼借，摆放在露台上的拖鞋被扔得东一只西一只的，还有一些撕碎的塑胶薄膜洒得到处都是，我正疑惑这些薄膜是哪里来的，只听大侄的呼天抢地：「肉，我的肉呀，被狐狸拖走了，馋狐狸你等着，我下回背一枝猎枪来了结你，你吃我的肉，我就吃你的肉！」「嘘——」我忙打断大侄嘻嘻哈哈的玩笑，一块肉算不得什么，狐仙嘛，还是敬重为好，但愿这位德国的狐大仙听不懂我们说笑的中文。

　　放在露台天然大冰箱里那块足有三斤重的五花肉，本来是要做我拿手的红烧肉，特意给大侄期末大考增加营养的，还未来得及烧就喂了狐仙。我安慰大侄说：「好了，红烧肉咱下

回再吃，今天就算我们过节，宴请了这位住在附近的动物吧，毕竟邻居一场。」大侄不服：「是邻居倒好了，你那穆斯林的邻居要吃也是吃羊肉，不会拖走猪肉的！」一句话倒是提醒了我，狐狸把猪肉吃了不要紧，可别恶作剧拖走扔到人家穆斯林邻居的花园里，人家该以为我们是成心的，这还不得引起民族纠纷？想到这，我忙拿上手电筒到邻居的花园搜寻那块五花肉的蛛丝马迹，谢天谢地，这只狐狸还算精明，人家的花园里没留下什么罪证。这时，突然远处有两道刺眼的绿光向我射来，我用手电筒照过去，只见那只狐狸在邻居花园的尽头，面对照过去的手电光一点也不躲闪，昂着头与我对视着，然后捡起什么跑向我，远远地放下又跑回去，眼中的绿光又是一闪，再看脚下，我刚摆好的拖鞋，不知何时，又被它拖走一只扔在我和邻居花园交界的地方，它似乎在用这种方式在逗引你追赶它，到它的家里去作客……

　　圣诞前夜，家有银狐光顾，喜也？忧也？

　　圣善夜，平安夜……

柏林 5・31 赈灾义演随笔

　　柏林 5 月 31 日晚，在刚刚开放的中国文化中心里，举行了一场声势浩大的赈灾义演，很多旅欧的艺术家和华侨团体、企业及柏林各个中文学校的孩子们都积极参加了演出，虽然才短短几天的准备时间，可是每个参加演出的人都热血满腔，激情满怀。

　　在演出的前几天，我接到德国华人艺术家协会会长于奇石教授的邀请，与他们夫妇联袂演出一个节目，演出的形式于教授已经策划好了，配乐诗朗诵。在柏林，我和很多中外朋友一样，都欣赏过于教授的洞箫和他夫人的钢琴协奏，每每陶醉于他们配合默契的清音雅韵之中。这次，能够与他们伉俪合作，为灾区同胞尽绵薄之力真是令人欣慰的事。我毫不犹豫地应承下来，头脑中立刻浮现出一句感人至深的手机遗言：「亲爱的宝贝，如果你活下来，一定要知道，我爱你！」顷刻间，四川 5・12 地震发生以来，我极力克制的悲痛化作妈妈对孩子的一句句呼唤倾泻而至，强忍多日的泪水如溪流汩汩流淌，怎么擦也擦不干。

　　这首诗写好后，我甚至不忍卒读，每读一次，就被这个打动了千万人的母爱故事打动一回；每读一次，我都难以自抑地泪流满面。大灾之后，发生了太多悲痛的故事，可是面对灾难中的生离死别，每个人的痛点又是不一样的，作为一群可爱孩

子的中文老师，作为两个孩子的母亲，那位妈妈在生命的最后时刻对孩子依依不舍的心情，我能够深深体会。在演出的前一天彩排时，我用发自内心的饱满激情朗诵着，于教授如泣如诉的洞箫和他夫人优雅的钢琴作为背景音乐，效果令人震撼，很多人潸然泪下不能自己。

遗憾的是，正式演出的关键时刻，音响竟然出现了故障，在麦克风突然失灵的状态下，面对台下的观众，迫使我扯着嗓子喊完了这首诗，即使如此，后面的观众还是听不清。走下舞台，我的心情沮丧到了极点，似乎连日来悲伤的泪水都白流了，甚至一度怀疑有邪恶势力从中捣鬼。值得欣慰的是，即使刚投入使用的中国文化中心的礼堂里很闷热，即使音响设施不配合，后来的节目中，演员们的热情并未受损，大家仍然坚持着唱完最后一首歌，念完最后一句诗。演出中，那些专业的歌唱家们索性抛掉麦克风，高水准的清唱仍然博得观众阵阵掌声。柏林华德中文学校的孩子们尤其令人动容，只见他们手捧寄托哀思的蜡烛，神情凝重地站在台上，却久久等不到伴奏乐曲，在观众们掌声击打的节拍中完成了他们精心准备的「明天会更好」的演唱。

想到晚会中的演员们不约而同地聚集在这里，向灾区同胞表达发自内心的关怀和鼓励，这时，展示歌喉与风采只是方式而并非目的，只要大家尽心尽力了，也就无憾了。最后一个节目中，我还和柏林妇女联谊会的众位姐妹一起，在歌唱家刘克清先生高歌一曲「我的中国心」时，担当了为他腰鼓伴舞的任务。这振作人心的鼓点，驱散了连日来笼罩在心头的抑郁和悲

伤，毕竟，生活，还要继续，唯愿离去的灵魂安息，愿留下来的人更加珍惜生命；愿我们灾难中受到重创的同胞手足早日振作，重建家园；愿我们的祖国崛起，加油！

附诗作：

孩子，妈妈永远爱你！

孩子，妈妈爱你
外面那震耳的轰鸣，是惊雷吗？
孩子，别怕，
妈妈的怀抱就是你的港湾，
是你温暖的港湾。
不管这个世界发生了什么
你只要知道，妈妈爱你。

睡吧，孩子，
纵使山在崩塌，地在陷落，
孩子别怕，
你只要知道妈妈爱你

望着你酣眠的脸庞
妈妈多么希望能陪着你一天天长大呀
妈妈多么希望能像所有的妈妈一样
拉着宝宝温软的小手
陪你蹒跚学步，送你走进学堂呀
可是此刻，孩子
妈妈的愿望只有一个

砖石，瓦砾，还有坚硬的房梁木板
你们都砸向我好了
妈妈的脊背
虽然柔弱
只要能替我的孩子抵挡灾难
就足够了

剧痛
迫使妈妈
向死神屈下了双膝
可妈妈怀里的宝宝
依然安睡着
孩子，别怕
妈妈的爱，就是你的港湾，
是你安全的港湾

孩子
如果你活下来，
一定你要知道
妈妈爱你
妈妈永远爱你……

孩子，
当你醒来时
妈妈
已经变成了洁白的天使
在没有山崩地裂的蓝天白云里

守望着你

妈妈看到了

我的宝贝已经睁开了明净的眼眸

还有你眼眸里的叔叔阿姨

他们都是你的妈妈

他们和妈妈一样

深深地爱着你，守护着你

后记：其实，这首诗的真正作者并不是我，而是那位用生命谱写母爱之
　　　歌的妈妈。当灾难突然降临时，是这位年轻的母亲双膝跪地，匍
　　　匐着用最后的母爱为她襁褓里的孩子营造一个相对安全的空间。
　　　年轻的妈妈永远地离开了，可她身下的婴儿却毫发未伤，被救出
　　　的时候，他还在母爱的牵挂中安睡着。在生命的最后时刻，这位
　　　母亲用手机给她的宝宝留下一条遗言：孩子，如果你活下来，一
　　　定要记住，妈妈爱你！

黄雨欣 于二〇〇八年五月三十一日柏林义演后

辑三

生活杂感

撞「鬼」记

虽然这个题目乍看上去颇恐怖，可是，只要你耐着性子把文章读完，也许就会赞同地说：这样的「鬼怪」我也曾撞见过。

说起从小到大，我所经历过「撞鬼」的事还真是不少，每次都被吓得魂不附体，恨不得立刻就承认这个世界上确实有鬼魂存在，可真相大白之后又不免哑然失笑，正像小时候外婆常说的：「鬼吓人，犹可避；人吓人，吓死人；自吓人，丢掉魂。」

从我有记忆开始的第一次「撞鬼」，还是小得连话都说不明白的时候。那天晚上，外婆像往常一样，一边轻轻地拍着我一边讲着古老的故事哄我入睡。在我似睡非睡的时候，外婆就熄了灯，就在灯熄灭的一霎那，我看到一只硕大的眼睛挂在我家的窗子上，正透过厚厚的窗帘直瞪瞪地盯着我看。我被吓得「哇哇」地大哭起来，外婆忙开灯探问究竟，我指着窗子语无伦次地说：「大眼睛，好吓人的大眼睛……」外婆仔细地检查了窗子说：「小孩子做梦在说胡话呢，哪里有什么大眼睛，闭眼睡着就没有了！」说着又把灯熄了，那只大眼睛开灯时看不到，灯一熄又出现了，我说不明白只好又大哭起来。那一夜，我家的电灯一直开到天亮。

第二天夜里，相同的情形又出现了，只是这回那只可怕的大眼睛已经阖上了，像睡着了似地眯成一条一尺多长的缝，

长长的睫毛都清晰可见。我哭闹着说看见了窗子上有「闭眼睛」，不让外婆熄灯，那一夜，我家又是一夜长明灯。后来，外婆用一个加厚的新窗帘换下了那个旧窗帘，挡住了那只奇怪大眼睛的注视，我才能够安然入睡，渐渐地也就忘了这件令人匪夷所思的事。

外婆去世的时候我已经是大一学生了，在帮妈妈整理外婆的遗物时，我又看到了当年那个旧窗帘，那是外婆用双层棉布亲手缝制的。我发现窗帘内层有一条一尺多长的破口，已经被勤俭的外婆用细密的针脚缝补上了。这使我不禁又想起小时候见过的那只可怕的大眼睛，十几年之后我才恍然大悟：所谓大眼睛不过是窗帘里层撕破的口子，熄了灯，窗外的路灯投射到口子上，俨然一只硕大的眼睛挂在窗上瞪视着我，第二天外婆把破口缝上了，那只眼睛当然也就眯了起来，而那些清晰的睫毛，就是外婆缝在窗帘上的细密针脚……

医生在治病救人的同时，随时在和那些挣扎在死神边缘的病患打交道，新鬼旧鬼司空见惯，这也正是这个职业的神圣所在。按理说，学医的人更不应该怕鬼，可当年我当医学生时却害怕得连最基本的人体解剖课都上不成。那时，我最怕的就是解剖课，我怕看见那伏在白布单下的僵尸，怕看到他们被福马林浸泡得龇牙咧嘴的狰狞面孔。每次解剖课我能逃就逃，逃不掉就远远地站在门边，随时准备开溜。平时还好蒙混，可到了结业考试时，老师规定，每个人都要拿着手术刀钳在死尸身上游走，要求准确地报出尸体身上肌肉骨骼的名称。为了给我们准备考试提供方便，解剖室破例向同学们开放一间，两人一

组自己排时间去复习。为了考试过关，我也只好硬着头皮排上了，并执意要和班里块头最大的那个男生一组以壮兔胆。

那天，当我们按事先规定的时间到解剖室复习时，我因受不了福马林的气味，进去后就忙着打开窗子放气，然后战战兢兢地听凭那男生用镊子在尸体身上指指点点，我只是画图记录纸上谈兵。终于该记的记得差不多了，下一组的同学还没到，我提议提前退场，那男生把白布单子重新盖在尸体上，我们就转身去洗手。正洗着，忽然一股阴风吹过，立时冷飕飕的我就从头麻到脚，慌乱中水淋淋的手都没来得及擦，拽着大块头男生刚要逃离，说时迟那时快，只见一个大白影「呼」地一下猛然从解剖床上站起，以迅雷不及掩耳之势向我们扑了过来……

我是被那大块头男生在人中上掐醒的，当时又来了另一组同学，人多胆子也就壮了些。醒来后发现，尸体仍然僵卧在解剖床上，窗子仍然大开着，盖在尸体上的白布单被风吹到了墙角……然后明白，那根本就不是撞见什么鬼了，而是窗外吹来的风把盖在尸体上的白布单子掀了起来。

旅居希腊那年，在一个天空抛洒流星雨的美妙夜晚，我又经历了一次「撞鬼」事件。关于那件事，我曾在一篇讲述名叫「宝贝」的寡妇邻居和面包师偷情的故事里描写过：

入夏的一天，克里特电视台预报说，近期地中海上空将出现百年不遇的宇宙奇观「流星雨」。入夜，我被燥热的地中海风吹得难以入眠，索性搬把椅子到楼上的平台上去数星星。午夜过后，果然见一群群流星纷纷划过朗朗夜空，我兴奋地跑下楼，想叫醒酣睡中的丈夫，可刚跑到楼梯口，一个奇怪的现象

却几乎把我吓晕过去，只见一个高大的白影从大门外快速飘进来，可怕的是这白影竟然无头无脚。我强按住就要蹦出胸口的心，「啪」地开亮了走廊灯，再定神一看，不禁哑然失笑，原来是黑面包师着一身合体的白西装已疾步走到宝贝的门前，轻车熟路地推开了虚掩着的房门。刚才，显然是他那非洲人特有的黑黑的脸膛和脚上的黑皮鞋与夜色融为一体，使我产生了幻觉。从此，我知道了宝贝为何不去面包房却每天有新鲜面包吃的秘密。

　　无独有偶，我在二○○四年八月末那天晚上撞见的「鬼」也是和希腊有关，不过这次撞见的「鬼」不似以往的单枪匹马，而是闹哄哄的群魔乱舞，闹鬼的现场竟然是在盛大的雅典奥运会的闭幕式上。当欢乐的希腊人举着用金黄稻穗围成的奥运五环下场后，在全世界观众期待目光的注视下，一群露股袒臂的六指琴魔舞将上来，搔首弄姿挤眉弄眼地令人阵阵作呕，紧接着一队身着艳俗长袍、手举丰都鬼城招魂幡的妖魔鬼怪哼哼呀呀地出现了，我强忍着浑身的鸡皮疙瘩盯着电视机萤幕，盼望时间过得快些再快些，八分钟显然太久，终于一副大红条幅「唰」地一下横空出世：北京欢迎你！一时间吓得我忘了置身何处，忘了这是在看第二十八届奥运会闭幕式的现场转播，恍惚中自己好像来到了陕西农村的庙会上，来到了跳大神的农家大院里，我忙打电话向朋友们求助求证，他们说：「挺住不要怕，那不是闹鬼，而是我们世界级的艺术大师张艺谋在向世界展示中国呢！」

　　原来如此，艺术大师果然名不虚传，除了他老人家，谁

还会有此胆量和魄力，把至高无上的奥林匹克圣坛当作他们家土炕呢？除了他老人家，还有谁胆敢在一个悠久深邃的西方海洋文明面前身体力行地诋毁另一个古老璀璨的东方文明呢？我不禁又想起我那不识字的老外婆说过的话：「自吓人，丢掉魂」，张大师用招魂幡似的红灯笼外加踩高跷的索命小鬼，还有蹩脚的武打、乱七八槽的京戏脸谱，惊吓了自己也惊吓了世界，在他自鸣得意的肤浅艺术中，丢掉的却恰恰是我们自盘古开天以来徐徐展开的五千年文化的精髓，和如汉武雄风大唐盛世般的民族魂。

后记：这篇短文是2004年雅典奥运会闭幕时写的，文中所表达的仅是当时的所观所感。时隔四年，当我们的千年古都北京成了百年奥运东道主时，艺术大师张艺谋在开幕式上的华美绝伦气贯长虹的大手笔震撼了整个世界，从此，张艺谋的名字再一次为人们所熟悉所赞叹，北京奥运让西方世界用惊叹的眼光认识了一个正在崛起的中国，也让他们重新审视张艺谋所代表的东方艺术。这回，我可以心悦诚服地说：大师不愧是大师，除了他老人家，谁会有如此魄力和胆识让全世界四十亿人在短短三两个小时之内阅尽了中国五千年耀眼璀璨的文明史呢？

古诗名句之错版

中国古代是盛产文学大师的年代，从远古的经史子集到唐宋诗词，从元朝的曲牌到明清的小说，都不乏百世流芳的经典之作。那个时代没有电脑没有磁碟光碟，甚至连纸张印刷术都是后期才发明的，质量又难以保证，但是这些都不影响文学大师们的作品流传后世。

中国古代没有标点符号，吟诗断句似乎全凭感觉，每每读到那些流光异彩的名言佳句时，就不免胡思乱想：为什么非要这样断句呢？同样的词句，挪动几个标点，也许别有一番意境。假如那时有明确的标点符号，似乎乱点一下也未尝不可。例如唐朝杜牧那首脍炙人口的七言绝句《清明》，人们已经习惯读成：

> 清明时节雨纷纷，
> 路上行人欲断魂。
> 借问酒家何处有？
> 牧童遥指杏花村。

如果词句不变，只改变一下标点的位置，就可将传统的读法变成：

> 清明时节雨，
> 纷纷路上行人，
> 借问酒家何处，

> 有牧童遥指：
> 杏花村！

如此，轻而易举地将古诗变成了古词，读起来也挺琅琅上口的。

记得有一个传说，讲的也是这个道理：清朝大才子纪晓岚奉命为干隆皇帝题写扇面，用的是唐朝王之涣的《凉州词》：

> 黄河远上白云间，
> 一片孤城万仞山。
> 羌笛何须怨杨柳，
> 春风不度玉门关。

哪知纪大才子一疏忽，竟丢掉一个「间」字，干隆老爷子也是饱读诗书之士，怎会看不出来？当干隆生气地要责罚纪晓岚时，这位学贯古今的大才子灵机一动，忙托称他此番题写的是王之涣《凉州词》的另一个版本——词韵版：

> 黄河远上，
> 白云一片，
> 孤城万仞山。
> 羌笛何须怨，
> 杨柳春风不度，
> 玉门关！

干隆明知纪晓岚是在狡辩，但还是非常欣赏他聪慧的新断句法，也不再追究。实际上，这得归功于古代没有标点的行文方式给了后人想像的空间。

情惑

前几日见到离婚两年的虹，关切地问她近来感情上可有所属？她说，目前有两个男人对她紧追不舍，她自己也无所适从。

阿龙是与她交往一年多的男友，两人可谓情投意合，阿龙曾多次向她求婚，虽然他们一直同居，可至今衣食住行等诸样开销还「AA制」，因虹身边拖着个五岁的女儿，所以实际上她是负担日常开销的三分之二，虹因此怀疑阿龙对她爱的深度。

阿明是虹的前夫，虽早已离异可痴心不改，由于女儿的缘故，他们见面的机会很多。阿明对虹一再表示，只要虹一天不再嫁，他就等虹一天，直到虹和女儿回到他身边。当年虹提出离婚时，阿明黯然净身出户，将两人在德国共建的一切均留给了虹，还主动提出今后每月将收入的一半汇到虹的帐户上，可阿明自己的处境并不妙，时时被失业的威胁困扰着。虹结识阿龙后，不愿在经济上过多牵扯阿明，曾婉言谢绝过他的资助，可阿明却说：「这钱就算是父亲对女儿的一点心意，只要我女儿能生活得舒心一些，我自己苦点不算什么，而你是我女儿的母亲和监护人，只有让你的日子好过些，我女儿才会更好。」我听了深受感动，力劝虹回到前夫身边，有道是「一夜夫妻百日恩」，更何还有一个乖乖女同时牵着两个人的心，可虹只是笑笑，不置可否。

　　一个月后，忽然传来虹再婚的消息，新郎是虹前几个星期才结识的托马斯，比虹年长二十多岁的德国人，求婚时，他给虹一张烫印着虹的大名的Ｅ－Ｃ（欧洲联用）信用卡，据说里面至少有五位数……

诗经中的婚姻

相思：蒹葭苍苍，白露为霜，所谓依人，在水一方。

相识：关关雎鸠，在河之州，窈窕淑女，君子好逑。

初恋：风雨如晦，鸡鸣不已，既见君子，云胡不喜？

新婚：桃之夭夭，灼灼其华，之子于归，宜其室家。

婚后：野有死麕，白茅包之，有女怀春，吉士诱之。

如今：生死挈阔，与子相悦，执子之手，与子偕老。

中国诗歌没落了吗？

古往今来，文人墨客借诗抒怀、借诗言志，流传下来无以计数的千古佳作，按理说，无论是从久远的时间承传，还是从文化空间的发展，「诗歌」这一文学表达方式走到今天，都应该走出一篇崭新的天地与境界。然而，事实偏偏与愿望背道相驰，爱诗的人和写诗的人都不得不无奈地承认：中国的诗歌已经无可挽回地步入死胡同。也就是说，诗歌，这颗在中国文学史上曾经璀璨了几千年的星辰，已经在现代文学史上不可避免地坠落了。

不甘也好，无奈也罢，中国诗歌就像大势已去的显赫家族一样，没落了就是没落了。

首先，因为这个浮躁的时代不再需要诗歌，诗歌的存在已经丧失了它抒怀言志、针砭时弊的意义，当所谓的「诗人」不再关注社会的发展，而是抱着对身边事物漠视、回避甚至恐惧憎恨的心态，那么，他所写出的「诗」要么激愤，要么矫情。显然，一个与社会脱节的灵魂必然写不出与他人产生共鸣的作品。如此一来，诗人一头撞进了孤芳自赏顾影自怜的死胡同也就不足为奇了。

其次，平庸的「诗人」偏偏不承认自己的平庸，以为读了唐诗就理解了唐诗的精髓，以为读了泰戈尔就体味了泰戈尔的诗情，以为痛扁中华文化上下五千年就是激扬了文字……殊

不知，那样不但突显了他自己内心的平庸脆弱，更暴露了灵魂的浅薄。在博大精深的中华文化面前，我们每个人都渺小得如一粒尘埃，就算是李白、杜甫、陶渊明再世，相信他们也要对老祖宗留下的文化遗产顶礼膜拜的，更何况，那样伟大的诗人，就像昂贵的夜明珠，历史的长河大浪淘沙了几千年才淘出了几颗？

第三，诗歌需要饱满的激情，好的诗歌光靠横溢的才华不够，光靠华美的词藻不够，而是激情的烈焰喷薄而出的，而我们所处的时代恰恰是一个充斥着滥情而独独缺乏火一样激情的时代，谁能相信，这样的时代所造就的情色泛滥的诗人能写出激情满怀的诗歌？当诗歌不能净化心灵、提升境界，而沦落为语言的点缀时，它的价值也就不复存在了。更有甚者，有人将一堆废话用分隔符号断开就敢称作现代诗，那样的话，只要掌握了电脑最简单的汉字输入法、会使用回车键，岂不人人都可以成为现代诗人了？

总之，诗歌的没落，归根结底是时代文化的没落而导致「诗人」的没落。

树连理，人合欢

　　那日，朋友问我：两棵不相干的树，因为靠得近，最后长成一体了，你知道这种树吗？我说：不但知道，我还亲眼见过呢，远的不说，我家门前那条林荫路，路两旁并排栽着我叫不出名字的树，这种树不像白杨直直地伸向天空，而是随着岁月的增长，树干逐渐变粗，树枝横向蔓延，两排树隔着一条不宽也不窄的马路，互相牵引着，久而久之，形成了一个狭长幽深树洞，每到夏天来临，那片悠长的蔽日浓荫带给行人的除了凉爽还有感悟，既是对大自然馈赠的感激，也是对植物传递情感方式的惊异，还有很多很多难以言说的触动。我想，这也许就是传说中「合欢树」的雏形吧。每年春天，园林工人都要人为地把它们分开，如果不是这样，这条路不就成了一棵棵对应的合欢树相拥而成的林荫路？那该多美呀！

　　连遥遥相对的两棵树都渴望与倾心的一方连理合欢，又何况心心相印的恋人？过去的年代里，通信交通都不发达，离别的恋人只有遥望思念，就像这合欢树，虽置身在不同的地方，心却时时牵挂着对方。不同环境下长大的夫妻也是如此，他们本无血缘关系，却长相厮守，是那种相濡以沫至亲至爱的感情，久而久之也会让他们不自觉地越来越像兄妹。追溯起来，最早的合欢树也许就是梁祝化蝶之后各自坟墓上长出的那棵树，后来两棵树越长越大，直到有一天，终于抱在一起成为一

体了。正应验了那句古诗：「在天愿做比翼鸟，在地愿为连理枝。」朋友听了却大叫：这个传说不好，凄凉。

在波罗地海的吕根岛上渡假时，曾经惊异于海岛的山路上那一眼望不到头的绿荫，那是由山路两旁的一株株参天古树相拥而成的，这些树经过成百上千年的历练，两两成双地隔着山路枝叶相拥地合抱在一起，它们共同经历着岁月沧桑共同抵挡着风霜雨雪，才形成了今天遮天蔽日的壮观。开车走进那条长长的山路，就像行进中的火车一头钻进了山洞一样，纵使外面艳阳高照，山路的浓荫里也是黑漆漆的一片，汽车行驶到这里是必须开大灯的，否则就会看不见眼前的道路。据说，岛上的每一棵古树都已被国家有关部门标号记录在案作为重点保护，

通常意义上的合欢树根部都是分在两处的，正因为根不在一起，所以渴望互相拥有，正因为渴望拥有，所以用枝蔓绿叶独有的方式纠缠萦绕，难分难舍直到地老天荒。后人们早已分不清哪片绿荫属于你，哪片绿荫属于她，因为此时原本遥遥相望的两棵树已经互相渗透缠绕成一体，就像血浓于水的至爱亲缘。也许是距离产生的美感和思念，人如此，树

合欢树下

也如是。在号称「北德新天鹅堡」的什末林王宫的花园里，也曾见过两棵根部紧紧靠在一起的合欢树，这两棵参天古树虽然树根相依，枝干却南辕北辙地向着两个不同的方向延伸开来，就像一对同床异梦的夫妻背道而驰。然而，令人欣慰的是，这两棵树在成长的过程中，各自用倔强的枝干划了一个不规则的半弧，最终在半空中还是拥抱成了一个独特的合欢树。看到这两棵不同寻常的连理合欢树，让我不由得联想到一对青梅竹马的小夫妻，磕磕碰碰，吵吵闹闹，分分合合……最终还是白头偕老了。

愿天下遥遥相望的两棵有情树枝枝叶叶合欢在一处；愿天下互相牵挂的两个有情人心有灵犀一点通…………

战地记者身负重伤有那么好笑吗？

　　某天偶然看到凤凰台的访谈节目《鲁豫有约》，除了惊异于鲁豫那张多年不曾改变的容颜外，她对当期访谈对象采取的态度也很令我吃惊。轻松、自如外加半真半假的玩笑也许是凤凰台一贯的主持风格，几年前最初见识这种主持方式，相对于当时其他官方电视台呆滞死板千篇一律程序化的主持方式而言，的确有令人耳目一新的感觉，可是，久而久之，也产生了厌烦情绪，因为当初的幽默已经逐渐退化为贫嘴，不论什么题材什么内容的节目，都要逗笑一番才罢休，即使遇到一些很严肃的话题，也习惯成自然地严肃不起来了。

　　就拿这期的生死关头的话题来说吧，第一位被采访的对象是当年对越自卫反击战中身负重伤的战地记者，当记者的战友描述当时记者受伤后惨不忍睹的模样时，他沉重地说道：当我在后方医院见到他时，已经认不出来了，因为他的脸已经变形了……话还未说完，鲁豫就带着招牌似的微笑反问：变形是个什么概念？听到这句问话，我真不知道是谁的理解力有问题了，一个被炸弹炸得不省人事的人，脸变形了，这还用进一步解释「变形」的概念吗？而且鲁豫那饶有兴致的追问表情，似乎这位记者的伤势是个很好笑很好玩的事情，如果说作为观众的我此时已经对这句问话这种微笑探寻的表情深感不舒服的话，那么她紧接下来的另一句简直就令人发指了。当那位战友

仍然很耐心很沉痛地回答道：变形就是根本不是以前的样子了嘛……这时鲁豫又带着清脆的笑声打断道：「那是变漂亮了还是变丑了呀？」这句问话如果不是开玩笑，简直就和弱智无疑了，如果是开玩笑，这是开玩笑的场合吗？望着胸前挂满军工章神色严峻坐在一旁的老记者，钦佩之情油然而生，可是，凤凰的王牌主持人鲁豫此时却用这等嬉笑的口吻和大家探讨着生死边缘的话题，那感觉实在是不对劲。

几分钟后，第二位死里逃生的嘉宾被请了出来，这是一位研究蛇毒的专家，人称「蛇博士」，他曾经有九次被毒蛇咬伤的经历，蛇博士给大家着重介绍的是第八次那回在生死边缘徘徊的过程，当时家人都以为他不行了，要转院治疗，可蛇博士却坚持用自己研究的治蛇毒的药医治，当时他说：我想，反正也是个死，与其转到别处去，不如试试自己的蛇药，还能为后人的研究记录一些第一手资料。听到这里，谁能不为蛇博士对科学的执着和献身精神所震撼呢？可是，这时的鲁豫却又一次嘎嘎地笑着当面道：「你这是死马当活马医了！」把蛇博士的悲壮惊险戏说成死马活马，难道这就是鲁豫式的幽默？

男人的眼女人的脸

虽然世上的女人成千上万，可归根结底却只有两类，一类是美丽的女人，另一类是不美丽的女人。只是，美丽分很多种，不美丽也分很多种。

那么，是什么因素决定了女人的外貌呢？窃以为，答案只有一个，那就是男人眼睛的关注！作为男人，你也许还不知道这种关注给女人的外貌所带来的巨大作用吧？被男人关注的女人，她的一举手一投足都让自己充满了优雅，为的是把关注她的男人眼球牢牢拴住。女人为了让关注她的男人不失望，不惜虐待自己的娇躯贵体去节食减肥，更不惜把一张清清爽爽的脸面当作油画布，哪怕是酷暑难耐也要裱上厚厚一层，如果不是为了吸引关注她的男人，哪个女人会有那么大的忍耐力？至于不顾腰包购置靓衣美衫、耗费时间去健身房桑拿室折磨自己更是不在话下……，如此舍得血本折腾自己的女人，想不美丽都难！

名媛章小蕙曾在商场试衣间被狗仔队偷拍到，且不说章名媛那叽里咕噜乱转的败家三白眼挨过几刀，那生育过的双乳仍然坚挺不就是很可疑吗？还有照片上清清楚楚所惊现的腋下没有愈合完整的刀口，也在向世人诉说她作为美人所应该承受的非人自虐。成千上万个隆胸失败自毁娇体的例子血淋淋地摆在那里，为什么还会有那么多的女人仍然趋之若鹜？还不是因为

那些大男人喜欢女人的蜂腰丰乳！所谓「吴王爱细腰，宫中多饿死」就是这个道理。

听说盛产人工美女的韩国，美容整形的医术已经高超得能做到蚀骨接腿了，就是说能把颧骨下颚骨打磨出棱角来，使韩国传统意义上的大饼子脸演变成棱角分明剔透玲珑的时尚美人脸。亚洲女人不是小巧吗？把腿骨敲断，中间接出一截合成骨，石膏固定重新长好，就能使掉进人堆里都难找的平庸女人出落成窈窕模特克劳迪亚·莘芙尔。真是「世人都说美人好，其中艰辛谁知晓」？

失去男人关注的女人，她的外貌很快就会从美丽的天堂逐渐跌进丑陋的深渊。因为没有了男人的关注，她也就失去了自虐的精神支柱，她会放任身上的赘肉横生肆长，哪怕鸟儿飞到头上建巢絮窝了也懒得梳理，至于逛街购物化妆扮靓还哪有那份心情？连苏格兰的玫瑰戴安娜公主失宠后都得了暴食症，幽魂靓女王祖贤离开浪子齐秦关注的目光也成了腰身臃肿的肥婆一个。男人的目光既能把邻家灰姑娘造就成娇艳美女，也能把美人锻磨成黄脸婆娘，真可谓「成也萧何败也何」。女人因男人而美丽，也因男人而丑陋，所以说，女人的美丽与丑陋之间，仅仅隔着一层男人的目光。

宝哥哥和林妹妹因何有缘无分？

读过《红楼梦》的都知道，林黛玉爱哭和贾宝玉有着密切的关系。因为她是她把今生的泪珠儿当作了前世的甘露，她本来就是为了偿还上辈子神瑛侍者的甘露而来，所以她为宝玉哭干了眼泪是情理之中的。

可是，既然他们前世有着如此深厚的情义，此生也该是一对有缘人了，可他们却最终阴差阳错没有走到一起，岂不是违反了红楼梦里一贯主张的凡事盖有因果之说？

其实，只要读懂了《红楼梦》的开篇部分，就不难理解林黛玉和贾宝玉的有缘无份的玄机了。因为，绛株仙子投生转世成林黛玉之后，根本就没机会见到真正的神瑛侍者，她报答的对象实际上是那块赝品假宝玉（贾宝玉）——就是那块当年女娲补天弃之不用的顽石，是他把神瑛侍者和绛株仙子的生死情义看在眼里，修炼成仙后，竟化作神瑛侍者的模样骗取林妹妹的眼泪，而真正的神瑛侍者所化身臻宝玉（真宝玉）却全然不知绛株仙子的一片报答苦心，致使林妹妹直到泪尽也未遂心。林妹妹和宝哥哥心愿不成有缘无份那是老天有眼，因为苍天知道，是绛株仙子认错人了。

世间女子皆美人

某日和一位昔日美人闲聊，聊着聊着竟然就「美女」一词的含义争论起来，因为，该美女姐姐的观点本人实在难以苟同。她认为，女人拥有美丽的外貌具有决定一切的重要性，女人的成功与否说穿了就是看她的外貌美丽的程度，包括世界级的大牌明星大牌模特儿歌星等等，无论实力怎样，首先要具备符合大众审美标准的美丽容貌，其次才能考虑其他因素。美女趁着年轻把握了机遇，就是成功的，就是说，成功的女人首先必须是拥有美丽的外貌。更可笑的是，她竟然认为，外表美丽的女人自然就会拥有迷人的气质，而没有美丽容貌的的女人就是外表粗俗的。听了她的话，虽然我也意识到了我们对美丽的理解大相径庭，但还是忍不住地反驳道：「有些美女也太拿自己的外表当回事了吧？也许这就是她们抓不住机遇的原因，她们以为拥有了美丽就拥有了一切，又怎知仅有美丽是远远不够的，单靠外表获得的爱情，色衰则爱驰，只爱美女的男人还不如帖张年画来得爽快，还可以常换常新呢！」

说到美女，我认为，这个世界上根本就不存在丑女，从某种意义上讲，每个女子都是美人。美丑本来就没有个统一的标准，美又有那么多种类别，索菲亚·罗兰嘴巴那么大，七十岁时还是公认的美女呢，因为她美出了个性；世界名模吕燕皮肤又暗又黑，眼睛小嘴唇厚，五官还挪位，可在西方人眼里，她

具有颠复Ｔ台的另类美；巩俐美在丰满大气，章子怡美在精怪轻盈；张曼玉美在气质优雅，关之琳美在小家碧玉……林林总总，女人的美各有千秋，古代无盐女以及孔明之妻黄阿丑虽然外表不敢恭维，可她们具有治国安帮之大才，在齐王和孔明的眼里，她们的美后宫佳丽无人能敌。

少女美在青涩纯洁，少妇美在十足风韵，女人就算是风烛残年了，也具有一份闲适淡定的美，因为她脸上的每一道皱纹都明示了她曾经的美丽，不是有人说吗？生命在于过程，过程美，一切美。所以，女人的一生都应该是美丽的！

拥有美丽外表的女人好比一只精美的瓷器（也有人愿意把这类美女形容成花瓶），如果没有实实在在的内涵，也只会被束之高阁，一旦被观赏的主人冷落，只留下无尽的落寞和凄凉。外表美丽内心浅薄的女人，好比精美食具里的白开水，经常被观赏品尝的人挖苦嘲笑，其虚张声势不伦不类，最终落下尴尬无奈的笑柄。还有一种美女，金玉其外败絮其中，只能叹息如此精美的餐盘却用来盛装隔夜馊饭，赌气扔掉残羹剩饭的同时，很容易迁怒食具，索性一并摔碎省心，要不怎么说精美瓷器多易碎，红颜美人多命薄呢？然而，说来说去，美女毕竟还是美女呀！

既有天使容貌，又有魔鬼身材，兼具大智大慧的女人，那是上帝的杰作，人间的珍宝，此乃作女人的最高境界，世间俗子凡夫纵可遇怎可求？

各花入各眼也好，情人眼里出西施也罢，无外是说，女人，哪怕不是公认的美女，但在爱人的眼里，也是唯一的西

施。就算是外表粗俗丑陋，也许在爱她的人看来也具有一种豪放洒脱的美丽呢。所以说女人不怕生得不美，就怕没人来爱，被爱情的甘霖滋润过的女人都是美丽的。

最惨的一种女人无外乎又不美丽又缺智慧还少人疼爱了，这也不能阻挡其成为美女，身为女人，即便无人欣赏，梳妆镜总归是有的吧？揽镜自照，顾影自怜一番，对自恋的女人来说，无论她拥有怎样的容颜，最起码在她自己眼里，她都是世上独一无二的大美女。

最不堪忍受的是美人迟暮又心有不甘，整天把昔日的美丽挂在嘴边「遥想当年春衫薄」，翻译成鲁迅的新白话文就是：「那时我真美，真的……」同样一句话，对一千个人说一千遍，再对每个人念叨一千遍，妈妈咪呀，谁要是遇到此类美女，只有撞墙的份了。

正如开篇所言，世上女人皆美女。送上红玫瑰祝愿天下美女健康快乐！

花的心情，树的语言

——中国文学作品中的「花语」浅析

　　一位从事汉语教学的朋友打来电话谈到，她在和德国学生的交流中，遇到一个有趣的现象，就是德国人不但对身边的花草树木熟视无睹，而且基本上叫不出名字（玫瑰花当然除外）。而作为中国人的她对这些植物却能一样样如数家珍，洋学生们奇怪问这位中文老师：「你是在哪里学到这些知识的？」她的回答出乎意料：「在中国，喜爱文学的人，总能从不同时期的文学作品里知道并记住它们，同时被记住的不只是它们的名称，还有它们在该作品里流露出来的情绪和隐喻的含义，我称之为『花语』。」

　　「花语……」我喃喃地重复着，不禁叹道：「多贴切的称呼啊！」在我们祖先留下的语言中，似乎有文字记载就有了「花语」，它用含蓄的方式贴切地表达了人们内心的情感。也正是由于人们爱把自己丰富的想像附在它们身上，这些植物才能以人格化的方式百世流芳。

　　「关关雎鸠，在河之洲。窈窕淑女，君子好逑。」谁都知道，这是中国最古老的爱情诗，虽然吟诵到此尚未有「花语」出现，然而在接下来就自然而然地流淌出「参差荇菜，左右流之。窈窕淑女，寤寐求之。参差荇菜，左右采之。窈窕淑女，琴瑟友之。参差荇菜，左右芼之。窈窕淑女，钟鼓乐之。」的

诗句。「荇菜」是一种能吃的水草，诗人在这里借参差不齐摇摆不定的水草来比喻心思捉摸不透的少女，继而又借采摘水草的艰难繁琐，来表达对这个美丽少女的渴望和追求。「荇菜」恐怕是我们有文字记载的最早的「花语」了。在《诗经》里，诸如此类的「花语」真是俯拾皆是，信手拈来就有：「桃之夭夭，灼灼其华。之子于归，宜其室家。」；「摽有梅，其实七兮。求我庶士，迨其吉兮。摽有梅，其实三兮。求我庶士，迨其今兮。摽有梅，顷筐塈之。求我庶士，迨其谓之。」前者通过赞美桃树的繁茂和桃花的艳丽来形容新嫁娘的美好，预示着这个美丽的新娘将来一定会拥有这棵桃树一样繁茂充实的人生；而后者则借收获梅子将一个待嫁女儿的焦虑心情展现得淋漓尽致。诗中说：这棵树上的梅子呀还有七成，君子若要追求我呀不要错过大好时光；这棵树上的梅子呀还有三成，君子若要追求我呀就要趁着现在的好时光；这棵树上的梅子呀已经熟得用筐装，君子若要追求我呀我立刻和你去拜堂。无论是后来唐代的「劝君莫惜金缕衣，劝君惜取少年时；花开堪折直须折，莫待无花空折枝。」还是现代流行歌曲中的「太阳下山明天依旧爬上来，花儿谢了明年还是一样的开，美丽小鸟一去无踪影，我的青春小鸟一样不回来。」都和这棵梅树所要表达的心情有异曲同工之妙。

在中国浩如烟海的文学作品中，有些「花语」被历代文人反复吟诵，渐渐地形成了一种思维定式，譬如一提到梧桐、芭蕉，就让人自然而然地联想到细雨拍打到宽阔叶面的情景，那丝丝愁绪伴随着滴滴雨声一点点地漾上心头。李清照的〈声

声慢〉传神地写道「梧桐更兼细雨，到黄昏，点点滴滴。这次第，怎一个愁字了得！」她在另一首〈添字采桑子〉的词里又借芭蕉表达自己悲抑寂聊的心情「窗前谁种芭蕉树？阴满中庭，阴满中庭。叶叶心心，舒卷有余情。」这里，梧桐和芭蕉的阔叶，不但承载了细雨的滴落，更承载了作者数不尽的离情愁绪。正像诗人温庭筠在〈更漏子〉中所吟：「梧桐树，三更雨，不道离情正苦。一叶叶，一声声，空阶滴到明。」元人小令也有云：「一声梧叶一声秋，一点芭蕉一点愁，三更归梦三更后。」就连我们现在听到轻快的广东音乐「雨打芭蕉」时，那心情也是湿漉漉的难以言说。

「予独爱莲之出淤泥而不染，濯清涟而不妖，中通外直，不蔓不枝，香远益清，亭亭静植，可远观而不可亵玩焉。」这是北宋理学家周敦颐的《爱莲说》里的传世佳句，由此确立了莲花作为花之君子在人们心中至洁至纯的地位。

和莲花相反，艳丽的「桃花」却作为多情又不专情的女子代名词，被古人今人不停地明褒暗贬，有女人缘的男人被赞作「桃花运」，被女人套牢的男人又被损为「命犯桃花」。古诗中，桃花又往往和流水相和，好像有桃花的地方必有流水，落花顺水漂流，漂到哪里哪里就是她情感的归宿。就连陶渊明的〈桃花源记〉里也记载着：一个打鱼的晋朝武陵人，在一个清澈小溪的尽头忽然发现了世外桃源，那里「夹岸数百步，中无杂树，芳草鲜美，落英缤纷」；后来张旭又有《桃花溪》一诗为凭：「隐隐飞桥隔野烟，石矶西畔问渔船。桃花尽日随流水，洞在清溪何处边。」不仅如此，就连桃花的近亲红杏也未

幸免，由于宋朝叶绍翁游园诗中的一句：「春色满园关不住，一枝红杏出墙来」，而被打上了不安寂寞的美少妇的烙印，也许诗人自己都没想到，一首好端端的诵咏盎然春意的诗作，竟然会以这种方式流传后世。

我们说到桂花，就会想到月亮，继而就会被不尽的思念情怀所萦绕。「中庭地白树栖鸦，冷露无声湿桂花。今夜月明人尽望，不知秋思落谁家！」王建在〈十五夜望月〉里，展现了一幅仲秋时节映照在明月下的桂花树的清冷景象，这里不但有浓浓的秋思，更有嫦娥奔月、玉兔捣药、吴刚折桂的美妙传说。

当我们吟诵陶渊明「采菊东篱下，悠然见南山；山气日夕佳，飞鸟相与还」的诗句时，不但见到了东篱下怒放的菊花和夕阳下投林的飞鸟，更重要的是体味了诗人与自然融为一体的超然心境。而读过黄庭坚的〈幽兰赋〉，谁会把这个「阳和布气兮，动植齐光，惟幽兰兮，偏含国香，吐秀乔林之下，盘根重草之旁，虽无人而鉴赏，且得地而含芳。」的兰花仅仅当作一种植物呢？此时我们眼前浮现的俨然是一位超凡脱俗的美丽少女。

可以说，我们寄予不同的花草树木以不同的希望与品格，苍松翠柏让我们体会到了生命的尊贵与高洁，春兰秋菊使人联想到性情的清幽与淡雅，牡丹富贵，梅花傲雪，翠竹青青，杨柳飘飘……当你面对这些耳熟能详的植物时，它们所传递给你的信息一定不只是花花草草的本身。长久以来，我们借花抒情，把人类的喜怒哀乐分给身边的花草树木来承担。所

以，在某些情境下，我们心中的花已非花，树亦非树，它们是连接人类和自然界的纽带，是我们宣泄情绪的载体，正像那位朋友所说，这个时候，记住它们的名字就是记住了一种情绪和一种含义。

巴士和机遇

　　秋日的午后，一对满头银发满面皱纹的老夫妇相依相扶地走在和暖的阳光下，他们蹒跚着步履，背也驼得很厉害，虽然窄窄的自行车路都被占据了，可是他们每走一步却是那么坦然笃定。我骑着自行车逐渐接近了他们，不忍心按铃惊扰这对老人，就只好慢慢地尾随其后，好寻找机会超越过去。无意中，我听到了他们的对话，才知道这对老人并不是出来随意散步的，而是要赶公车去赴一个重要的约会。

　　眼看距汽车站就只有十几米了，这时，他们要乘的巴士从后面开了过来，停在了前面不远处的站台上。这种情况下，如果不是老人，赶紧走几步一定能够赶上，假如他们扬手和司机打个招呼，司机也会等他们一会儿的。可是他们还是不紧不慢地走着，我以为他们没有看见擦身而过的巴士，正要提醒，只听老夫人说：「本来已经提前出门了，可还是差了几步。」老先生说：「那就乘下一辆，不用等多长时间的，我们已经走到这儿了，还怕没有巴士坐吗？」

　　有时，人生的机遇就像赶巴士，赶上了这趟还来不及喘口气又得接着去赶下一辆，有谁能够看着咫尺之遥的目标错过了还能坦然处之呢？我想，这对老人之所以能如此气定神闲地目送原本属于他们的巴士渐行渐远，是因为阅尽了人世沧桑的他们知道，属于他们的巴士不止这一辆。人生的机遇也如此，辛辛苦苦却没能赶上的，如果再加一些耐心和毅力也许就会等到，付出的努力终究不会白费。

女儿的 F4，我的费翔

曾几何时，台湾青春偶像剧《流星花园》，极尽造梦煽情之能事，令当时十二岁的女儿如醉如痴，从而成了剧中那号称花样男孩F4实则纨绔阔少的铁杆追随者。一碟F4的MTV光碟不厌其烦地反复播放，一直到走音了，图像也出现了马赛克却仍不罢手。委托在国内的小姨寄一张F4的大照片，邮寄途中被折了一下，竟然心疼得她泪眼汪汪，即使这样，仍贴在她房间最醒目的位置供早晚瞻仰。据说在国内，这几个台湾男孩子的多情眼眸不知电晕了多少上到四十岁师奶下到十几岁的女娃娃，可陪女儿观赏看他们的光碟时，我竟然大半天没分出男女来，更别提谁是谁了。

女儿整日幻想着F4之一的仔仔有朝一日能来到柏林，和仔仔合照已成了目前她最大的愿望。因不忍心看到女儿整日痴痴迷迷的可怜样，就和朋友一起用电脑为她合成了一张照片，通过现代科技技术圆了她一个青春偶像梦。拿到照片的女儿甭提有多高兴了，不但把它小心翼翼地镶在镜框里，还公然在照片上写出了她的梦想：「在一个繁星满天的夜晚，亲爱的仔仔来到了我的梦乡，我们手牵着手漫步在铺满枫叶的小路上，真希望这条美丽的小径永远没有尽头，真希望这个美丽的梦境永远不会醒来～～」

这天，女儿不知在哪里又弄到一首F4的新歌，只听翻来复去就那么几句：「勇敢追，这是最好的机会，感觉像灌一口冒

着泡的快乐；向前飞无法复制的体会，唯有你解我的渴；你的吻是生命里最甜美的配方……」我哭笑不得，这哪里是什么流行歌曲，分明是汽水广告嘛。果然，歌的结尾，我听到一句耳语般的呢喃：「百事可乐，天天快乐！」如此一个平常广告，经偶像男孩F4一番多情演绎，必定如流行歌曲流行感冒一样迅速蔓延。

先不妄断他们唱的那些拿人钱财又替人淘金的广告歌词，说实话，那首款款深情的主打歌曲「流星雨」，听起来也确实有几分催人泪下的感动：「陪你去看流星雨落在这地球上，让你的泪流在我肩膀，让你相信我的爱只为你勇敢，你会感觉幸福的所在……」可再看他们那茫然扮酷的表情、那歪着脑瓜伸出双手不知向谁祈求又祈求什么的嗲样，还有那遮住半张脸孔的飘飘长发，还有那提又提不上去掉又掉不下来的大裤裆……怎么看怎么没个男人样。女儿听了我的评价，一脸的不以为然：「我的偶像你当然不会喜欢，不过没关系，反正你喜欢的那个混血大老头儿我同样也不喜欢！」

那被她称作「混血大老头」的就是就是当年我唯一欣赏的歌坛王子——费翔。被我欣赏了二十年的费翔在女儿眼中竟是如此尊容，这是我万没想到的。莫非费翔真的过时了？莫非属于我们的那个时代真的一去不返了？

我不甘心，忙从箱底翻找出一盘费翔的旧录音带，许多年过去，这盘翻录的歌带声音早已含混不清，这期间我国内国外地不知搬了多少次家，许多东西早已经不知去向，可是这盘录音带我却一直收藏着。对我来说，那上面所记载的不仅仅是我

当年的青春偶像费翔的歌声，更是我那不知何时遗落在何方的青春岁月。更何，这盘录音带本身就经历不凡。

那还是十年前我携女随夫在地中海的克里特岛漂流时，每日每夜，我的乡愁都会随着地中海的潮水起起落落，在这不中不西难辨方位的陌生海岛上，那时，我多想再听一回费翔的歌声啊，尤其是那首魂牵梦萦的「故乡的云」。我写信给小妹，让她给我寄一卷费翔的录音带来以慰乡愁。可是那时希腊和中国邮路刚通，邮政飞机两星期一班，主要运载信件，递送邮箱的邮政客船则需要三个月的时间。因担心三个月的等待对我来说过于漫长，聪明的小妹竟想出一个绝妙的办法，把我喜欢的费翔歌曲从几卷录音带里挑选出来，集中录制在一卷录音带里，再把带芯抽出来，一圈圈小心翼翼地缠绕在一张明信片上，两头用胶带纸固定住，然后装进信封，以信件的方式寄给万里之外的我。我在两个星期的苦苦等待之后，终于收到了小妹以这种特殊方式邮寄的录音带，当下心有灵犀，马上找出另一卷录音带，三下两下扯出内芯，然后借助铅笔杆把明信片上的带子一点点收进去。虽然是一卸一装，但我和小妹对费翔那份近乎虔诚的悉心痴迷却是相同的。

不知过了多长时间，录音带总算改装完毕，忙迫不及待地放进答录机里去试，我屏气凝神地侧耳聆听，一阵转带的沙沙声过后，倾泻而出的果然是那叩击心扉的熟悉旋律，紧接着飞出费翔浑厚深情的歌声：「天边飘过故乡的云，它在不停地向我召唤，当天边的微风轻轻吹起，吹来故乡泥土的芬芳，归来吧，归来哟，浪迹天涯的游子，归来吧，归来哟，别再四处漂泊……」歌声一咏三叹，直奔我心。这思乡游子的歌声，牵

着我的心绪跟随费翔一起飞过蓝蓝的地中海、飞过莽莽的蒙古高原、飞过严寒的西伯利亚戈壁沙滩……飞呀飞，终于栖息在长城脚下，故乡的和暖阳光轻抚着游子苍凉的脸颊和疲惫的心，游子的眼泪滚滚而落……当歌声唱到：「我曾经豪情万丈，归来却是空空的行囊，那故乡的风，那故乡的云，为我抹去伤痕——」我已泪流满面不能自己。

接下来就是那首声名远播的「一把火」，想当年，帅气逼人的费翔一袭白裤红衣，手持麦克风奔放不羁地载歌载舞，把那「冬天里的一把火」种从舞台上播进每一个中国人的心里，无论走到哪条街巷，都会不时地有「一把火」「一把火」的声音回荡在人们的耳畔，直到大兴安岭的一场大火真的熊熊燃烧起来，人们竟然将责任归咎到费翔热情如火的歌声上，直吓得后来费翔演出时经常权以「淅沥沥的小雨」来救场。

记得那年有一台大型电视晚会提前报料，说费翔届时将和一美丽女子连袂出演新歌「溜溜的她」。一石激起千层浪，几乎打翻了所有费翔迷的醋罐子，大家忿忿不平地猜测：谁？谁？这个自不量力的女人究竟是谁？因为在歌迷的心中，费翔实在是太完美了，完美到没有一个女人配与他同台演出。节目播出时，大家都充满好奇又惴惴不安地等待费翔偕同那个神秘女郎出场。「你不曾见过我，我未曾见过你，年轻的朋友一见面呀，比什么都快乐，溜溜的她哟，溜溜的我哟，心儿一个嘿嘿嘿，心儿一个嘿嘿嘿……」随着费翔欢快而又充满活力的歌声，一个裙裾飘飘的小木偶翩然舞出，那稚拙可鞠的憨态使萤幕前的观众发出了会心的笑声，彷佛在说：这就对了！费翔，不能专属于某个人，因为他是大家的费翔！

　　「我问过海上的云，也问过天边晚霞，何处是大海的边缘，哪里是天之涯；我盼望枫叶再红，更等着初开的花，多少次风里雨里，总还是惦记着她……」这首歌是当年费翔倚在海南岛苏东坡所题写那块「天涯海角」的巨石上所唱的，天涯的海风吹动着费翔那头蓬松的黑发，「既然曾许下了诺言，没实现怎能就作罢？爱要珍惜，爱更要执着，才知道是真是假……」唱到动情处，他就会陶醉地长闭一下那双被长睫毛复盖的深深眼眸，「寄语浮云晚霞，告诉她心里的话，纵然是海角天涯，我永远等待着她……」唱到这里，随着旋律的节拍，他的头在轻轻摆动。这些表情虽不是费翔的专利，可我从没见过哪个歌手能把这一「长闭眼轻摇头」的陶醉展现得如费翔一样优雅自然。从此，除了费翔，我竟然见不得别人在唱歌时做这个动作，无论是谁，似乎都有东施效颦之嫌。

　　岁月催人，虽不承认自己渐老，却能明显感到身边的女儿在一天天长大，如今我的他乡已成了女儿的故乡，F4的歌声竟然是生长在海外的女儿唯一心甘情愿接受的母语。在华语的流行歌坛上，乱哄哄你方唱罢我登场，纵使大浪淘沙淘尽千古英雄，可在我心深处，费翔依然是当年那一袭白裤红衣活力四射的美王子，那记忆中的猎猎青春，依然如荼如火，费翔的歌声依然高亢深远，云天响彻。费翔和他的歌声，是连结我青春岁月的重要一环，他们虽然已是「昨夜星辰」，同样也是我心中永恒的星辰，不会坠落在记忆的银河中，无论时代如何变迁，那份留恋都如费翔所高歌：「常忆着那份情，那份爱，昨夜星辰今夜星辰，依然闪烁……」

乌鸡变凤凰的极品表妹

一次回国的飞机上，我的邻座是一个开朗健谈的阳光大男孩儿，为了排解长途飞行的寂寞，一路上，他向我讲起他和他表妹之间啼笑皆非的故事，他的故事，也代表了八十后这一代人之间的另类亲情。

「我表妹，绝不搀假是谪亲的表妹。亲到什么程度呢？这么说吧，如果我是贾宝玉，她就是林黛玉，虽然我们不是一个姓，可我爸和她妈却是同一对爹娘生的，我的爷爷奶奶也就是表妹的外公外婆，他们至今还在农村老家呢，表妹直到上大学之前，一直与他们生活在一起。

「说我表妹坏话之前，有必要把我们的家庭背景交代一番：我爸，也就是我表妹的大舅，从小生长在农村，虽然家境不好，但勤奋好学，一举高考中第，上了全国重点大学，后来又读研读博，求学路上有贵人相助可谓一帆风顺。这个贵人就是我妈，我外公外婆都是很有名气的教授。外公又是我爸的恩师，当年他们一家都喜欢这个勤奋朴实的农村孩子，就把宝贝女儿嫁给了他。我爸在德国做过博士后，回国后也当上了教授。而我的姑妈也就是表妹的亲妈我爸的亲妹子，却几番考学失利，只能在乡里的小学当老师，后来就和一位学校里的同事结婚了，生下了只比我小两个月的表妹。

「说实话，在表妹上大学之前，我几乎对她没什么印象，只听说她人虽黑瘦却也聪明。高考时，她果然不负众望，以优

异成绩考上了我爸任教的名牌大学，谁都清楚，她考到这所大学，最主要的还是觉得我家照顾她方便。刚进城时，她以人生地不熟，什么都不方便为由，几乎不回学校住，天天赖在我家里，霸占我的房间，害得我只能睡客厅里的沙发。和她生活在一个屋檐下，我才发现，我这个农村来的表妹，除了长相又黑又土，身上竟然没有一丝乡下人的朴实厚道，在我家里，都是我妈把饭烧好端到她面前的。吃完饭，我一个男孩子收拾残局洗碗，她竟然视而不见。有一回，我实在忍无可忍，就质问她，你在自己家里这样衣来伸手饭来张口的，大人们不说你吗？她竟然大言不惭地说：『我学习成绩这么好，他们有什么好说的！』看来，这个小土妞子真是被我爷爷奶奶姑妈们给惯坏了。

「她从农村跑到我家里当起了千金小姐，这种幸福日子一直持续到一个学期以后，她才答应像其他外地学生一样，搬回学校住，但是周末还会跑回我家里好吃懒做，爸妈念她远离父母又是女孩子，对她那些在我看来十分可恨的行为，并不说什么。我爸更搞笑，每当我甩脸色给表妹时，他总是护着她说：『她比你小嘛，等长大了就好了。』我呸！不过比我小两个月，也敢在我面前装嫩？我女朋友比我小两岁呢，人又苗条又美丽，也没像她那副德行呀？

「有一回周末，吃过晚饭已经很晚了，爸妈让我送表妹回学校，可她找各种借口，说出很多理由让妈妈开她的红色敞蓬车送她，如果我送，就只能坐公车了。我非常清楚她的用意，她就是为了在同学面前炫耀，满足自己那日益膨胀的虚荣心。

妈妈开车回来时，气哼哼地叫我去把车清洗干净，我下楼一看，差点没恶心晕过去，原来，表妹晕车还死要面子，把车里吐得一塌糊涂。到学校后，老妈本来让她自己清洗，可她竟然说怕同学看到她落话柄，下车后还故作高贵公主状昂首挺胸地走进宿舍。

「我外公外婆不和我们住在一起，他们年事已高，家里虽然请了一位农村来的秀姨照顾他们，我们还是要经常过去关照一下的。那次，就在我去探望外公外婆的半路上，遇到了正往我家来的表妹，她执意要和我一起去看他们，我也没多想，就带她过去了。外公外婆爱才惜才，他们一个劲地夸奖表妹要强聪明，虽然生长在农村，却有那么好的成绩，一定是个有志气有出息的女孩子。临走，老俩口还热情地邀请表妹常来玩，还说什么『我们是你表哥的外公外婆，也是你的外公外婆呀！』表妹听了这话，喜出望外地回答：『外公外婆放心吧，那我就不客气了！』

「从那以后，表妹有一阵子没来我家了，我暗自庆幸自己给的恶脸终于起了作用，她肯定知道自己是个不受欢迎的人，女孩子只要有自知之明就还有救。哪承想，她没来我家的这些日子，竟然跑去我年迈的外公外婆那里骚扰他们去了。

「有一回我去探望外公外婆时，见表妹也在，这倒没有什么，可恨的是，她竟像个女主人一样对秀姨颐指气使的，让秀姨替她放洗澡水，还把自己的一大包脏衣服拿来让秀姨洗。真把这里当她自己家了，这也太拿自己不当外人了吧？秀姨虽然是农村来城里打工的，可她心眼好人又厚道，尤其是对外公

外婆照顾得很精心，我们一家都很尊重她。我和我妈每次来，都尽量帮她多干一些家务，从来没给她增加过额外的工作量，可表妹这个土妞，她有什么资格来指使秀姨？当时，秀姨也很不满地对表妹说：『我是来照顾教授夫妇的，没人关照过让我伺候小丫头！』如果是我，听了秀姨的话都恨不得有个地缝钻进去，可表妹竟然一脸不屑地对秀姨说：『你们农村人就是这样不好，斤斤计较！』我和秀姨都愣了，如果说已经来城里工作了很多年的秀姨在表妹眼里仍是农村人，那么她自己又算什么？她才进城几天呀，竟敢口出狂言公然瞧不起农村人了，当时我被她气的，若不是怕二老生气，肯定一脚把她踢出去了。

「后来发生的一件事更让人啼笑皆非。

「丑模臭样的表妹竟然有男朋友了，她领男孩子来过我家，竟然一表人才。当时我就想，要么是工科院校女生少，男生看猪都是双眼皮，要么就是表妹耍了什么见不得阳光的手段，这两样都不是，那就只有一条好解释：男孩子患有严重的青光眼！

「某个周末，表妹竟然大摇大摆地把她男朋友带到了我外公外婆家里，当时我正好在那里，她全然不顾我的厌烦脸色，大言不惭地向那男孩子介绍说：『这就是我的外公外婆，咱们学校的老前辈了。』男孩子忙毕恭毕敬地说：『教授好，夫人好，我常听我的女朋友提起你们……』我实在听不下去了，我没想到这个小黑丫头心眼这么蹊跷，我亲爱的外公外婆竟然也被她拉来作为她在男朋友面前炫耀的资本。言谈中，我还知道，我在德国的舅舅也成了她的舅舅，那时我舅舅正在为我办

理到德国留学的事，似乎我的未来也顺理成章地成了他们的未来。如果说，我和她有血缘关系，我外公外婆甚至我舅舅可是与她毫不搭界的呀！我这时似乎明白了那个男的为什么如此巴结眼前这个丑小鸭了，她肯定向他渲染了什么吹嘘了什么。

「后来我来到了德国，表妹对我一反常态地热情，三天两头骚扰我的信箱，无外乎想透过我认识舅舅，等他们毕业后，让舅舅帮她和她的男友办到德国来留学。怕怕呀，她一个四体不勤的大『小姐』，来了之后要我养活不成？因此，我一个字都懒得回。

「今年暑假回家，在爸妈为我接风的家宴上，表妹和她男朋友都来凑热闹，我女朋友工作很好舍不得放弃，就一直在国内没和我一起出国，她听我介绍德国蔬菜种类少，尤其是豆苗，市场上根本见不到，她知道我平时最爱吃豆苗了，那天特意亲手烧了道我最喜欢的蒜茸豆苗。吃饭时，女友专门把这道菜放到我面前，我在桌下紧紧地握着女友的小手正百感交集呢，当时人多，只好用温柔的眼神对她说：亲爱的，还是你惦记我呀！等我回过神来再看豆苗，竟然全部被我那没有吃相的表妹一扫光了，当时女友坐我旁边，表妹和她男友坐我对面，偌大的餐桌上那么多的美味佳肴她不吃，为什么偏偏隔着桌子抢我女友亲手为我做的菜？要么是成心和我过不去，要么就是真的缺心眼（依她的心计不像呀！）虽然气的发晕，合家团聚的时候也不好为了几根豆苗和她翻脸，忍了吧！

「想想自己真是命苦，人家贾宝玉下了学堂一进屋，看见『天上掉下个林妹妹，似一朵红云刚出岫』，可我这个表妹

呢？丑女多怪不说，还绕不开躲不掉，如果傻乎乎的憨态可掬倒也罢了，却一肚子鬼心眼算计人。唉，常言道：姑舅亲，姑舅亲，打断骨头连着筋，为了不让老爸为难，自认倒楣吧。

「极品表妹的故事先讲到这里，讲出来也就不那么郁闷了，我相信这肯定不是表妹的终结篇，她以后说不定还会出什么令人无可奈何的事呢。」

后记：这个故事虽然发生在一对八十年代出生的表兄妹之间，却暴露了那个特殊年代降生的特殊群体的特殊性格，因为他们大多都是独生子女，在成长的过程中，承载了过多的上一代人或几代人的关爱和期望。进入青年期后，他们就形成了独立、自我、难以与人沟通和相处的个性。相信在他们这一代人在步入社会这个大家庭后，会逐渐适应和学会怎样去关爱他人，回报社会。

我在我快乐

——读文友朴康平《我的梦》有感

　　那个夏天就听说朴康平文友病了，一直想打电话问候，几次拿起话筒又都放下了。因为总觉得自己不是个会安慰别人的人，如果电话里起不到真正的安慰作用只作些泛泛的表面文章，对病中人无疑就是一种负担和骚扰。从那以后，每期导报到手，我总是第一个寻找朴康平的文章，希望能从他的字里行间了解到他的近况。相信很多关心他的文友和我一样，也是通过导报这个渠道默默地关注并祝福着他。令人欣慰的是，以后几期的导报上都有他亲手写的短文，有康复的过程，有躺在病床上对人生的感悟，看到那一篇篇依然文采飞扬思绪飘逸的文字，知道他恢复得越来越好，真是由衷地为他高兴。

　　读了他最新发表的短文〈我的梦〉，更是感触良多，生性自由奔放、酷爱天下美景、既拥有「过去的辉煌」又拥有「今天的梦想」的康平，如今的梦境简单平凡得那么实在，他的梦境滤尽了他所经历的大漠孤烟长河落日，留下的竟然是再寻常不过的「身躯的轻盈和灵便」、「在小路上的追赶」和「骑着自行车在路中央飞奔」以及「在楼梯上上下跳跃」。读到这里，我不禁想，别看他的梦平实无华，可恰恰是这个「如同生活本身的现实主义梦境」的主人，在生活中是历尽了怎样的大彻大悟呀！

　　联想自己多年来，总是凭着一腔热情和盎然兴趣做一些自己想做又能做的事情，包括写作、编杂志、当文化记者、办中文学校，甚至义务为侨团做宣传报导……，付出了那么多的真诚却得到某些人的恣意曲解，甚至在公开场合不负责任地冷嘲热讽造谣中伤，尤其是最近，时常被一些莫名其妙的蜚短流长所困扰。而自己当初做这些事情的初衷仅仅是兴之所至，抒发自己的所思所感，陶冶、充实自己的同时也希望能给他人一些小小的启示，但求无愧于心。在遇到那些不公正的待遇时，也曾气愤难当，也曾想过逃避退缩。恰在此时，康平兄的梦境使我不平的心境得以释怀了，他的梦境无意中为我们明示了平凡生活的真谛，越是简单的往往越是弥足珍贵。而自己平日里常常为脸上多添一道岁月痕迹而不安，为身上增加几两赘肉而自责，为旁不相干之人的流言而气愤……其实，这些无聊琐事固然令人懊恼，但和踏踏实实的生活相比又算得了什么！笛卡尔说过「我思故我在」，不管这句话有多么深刻的哲学含义，如今我都把它理解成简单的一句：我在我快乐！

　　谢谢康平兄平凡的梦境，遥祝康平健康快乐、好梦得圆！

享受生活，此时此地

　　平时，我们常听人感慨某些名人雅士真会享受生活，遍游世界名胜、尝尽各地佳肴，居豪宅、着华衣、开名车……

　　我说，这些都不足以羡慕，也许我不如你富有，也许我不如他成功，也许我在别人眼中很平凡……但是，所有这一切都不会影响我享受生活的平和心境。

　　同样是旅游，你可以一掷千金乘坐波音豪华舱，然后入住在星级酒店里，品着美酒临海观潮……你也可以约上三五同道者，购买经济合算的团体火车票，一路歌声一路笑，抵达后，支起帐篷燃起篝火，大家一边痛饮，一边凝望天上璀璨的星群，哼唱着古老的歌谣……

　　同样是健身，你可以出手阔绰地到设备最完善的健身中心，聘请健身教练为你量身定制健身计划，特邀营养师为你调制美体套餐，然后薰香浴、按摩房……你也可以穿上轻便跑鞋，迎着晨风披着朝露，或在绿荫下或在树林间或在小路旁伸展矫健的身姿跳跃奔跑……

　　运动可以让我们享受生命的热烈，音乐可以让我们享受旋律的美妙。职场打拚的人毋需抱怨忙碌，纵使为了专案签约，熬夜加班，忙得连喝杯咖啡的时间都没有，仍可享受自我价值得以实现的成功喜悦。赋闲在家的人不必抱怨寂寞，纵使整整一天邮差没来敲门，电话铃声也未曾响起，泡杯淡茶、捧本闲

书，或倚或坐、或躺或卧地品味另一种人生，也能享受到别样的恬淡和安宁。

众星捧月前呼后拥是明星大腕们虚荣满足的享受，独来独往对月小酌是了无牵挂的人洒脱自由的享受；生猛海鲜、珍馐美味是权贵富豪们酒席宴上推杯把盏中脾胃满足的享受，青菜萝卜、粗茶淡饭是节俭的布衣百姓果腹的同时无意中保证了体魄健康的享受。动荡时享受大浪淘沙的壮阔，安逸时享受和风细雨的柔美；流浪者享受的是海阔天空，金丝鸟享受的是衣食无虑；恋爱时浓情蜜意海誓山盟是享受，失恋后的万般不舍和点滴回味也未尝不是一种享受；阖家欢聚时享受天伦之乐的温馨，分别两地时享受缕缕思念的祝福；即便是卧倒在病榻上茶饭不思，也是享受亲人关照、朋友关怀的时候……

所以，无论你的处境如何，只要你肯悉心关注自己就不难发现，享受生活的机会人人平等，享受生活的乐趣无处不在。体味豪华与安逸是享受生活，追求古朴与纯真同样是享受生活。

享受生活，随时随机；享受生活，此时此地。

也曾寂寞

此刻，夜已深、家人已入梦，我在孤灯之下写下「寂寞」这两个字的时候，我就是寂寞的。

过去，每当寂寞袭来时，我通常展开信笺，向远方的亲人朋友述说，然后就是漫长的等待，等待他们在回信里的安慰。随着科技的飞速发展，网路已经渗透到世界的每一个角落，如今人们再也不必苦苦地等待远方的消息和安慰了，只需滑鼠一点，瞬间就可得到对方的回应。可是可是，这种速成的资讯传递快则快矣，没经过思念煎熬的感情总觉得少了什么重要的东西。

一位遭受失恋打击的文友向我倾诉了她对寂寞理解，她说：曾经在一个对她来说很重要的日子里独坐桌前，苦苦等待一个违约失信的人，窗外每一阵脚步和每一声汽车的引擎都会让她翘首观望。当挂钟的时针毫不留情地指向午夜十二点时，她看到落地窗里映着精心准备的满桌酒菜和一个寂寞无主的自己，那一刻，她暗下决心，既然那个人今夜不会出现了，索性就让这个使她寂寞的人在她的生活里永远消失！于是她关掉手机，拔断了电话线，不给失信人丝毫解释的机会，因为过了今夜，任何解释都毫无意义，又何必让自己的耳朵无谓地遭受谎言的侵扰呢？那夜，她一个人自斟自饮，没多久，桌上的六个啤酒瓶就空了，她以为自己会烂醉如泥，那样的话，一觉睡到天明，面对崭新的朝阳崭新的一天，还会如此寂寞吗？然而，

事与愿违，六瓶啤酒在她的肚子里翻江蹈海，直把她折腾得死去活来气息奄奄，可头脑依然清醒，只感到自己被如洪水般的寂寞淹没了，窒息得透不出一口气来……从那以后，她暗暗给自己立了两条戒律：一个人时不饮酒；寂寞忧愁的时候不饮酒。

第二天，她就背起行囊远游四方，沿途和煦的暖风、碧绿草地和草地上悠然自得的大奶牛，还有漫山遍野的蒲公英的小伞……这一切都冲淡了心中的寂寞，令人感到世界真大，寂寞真渺小，能扔得下的感情就不再是爱情。半个月后，她带着一身阳光满心朝气回到曾经寂寞的小屋，过去的一切如风过耳。

这位朋友虽然年轻，可她面对寂寞的洒脱豁达却对我颇有启发。如今，寂寞的日子，有时我也会怀揣着几个欧元（没有背包绝对的轻装上阵），登上自行车，穿梭于大街小巷，充分呼吸着欧洲的清新空气。累了，就到咖啡吧里歇一歇，身上的不多的银子足够打发一杯咖啡或一杯啤酒或者一杯柠檬茶的了。寂寞的夜晚，我愿意打开电脑，在萤幕上信笔涂鸦，有时涂过了也许就永远沉睡在电脑的某一文件夹里，有时也会拿到报刊或网站上吹吹风晒晒太阳。

曾经很怕寂寞，就在寂寞的时候疯狂地煲电话粥或想方设法往人堆儿里钻，结果却往往是曲终人散之后，内心的空虚并未填满，寂寞的心更加寂寞。从此，我学会了享受寂寞，与其寂寞时对着一群话不投机的人不知所云，不如在寂寞的时候，和自己的内心对话，因为也只有在寂寞的时候，我们才有抚慰自己内心的机会，在这个世界上，有谁会比自己更了解自己的寂寞呢？

欧洲为什麽留不下你？

　　前一阵子，有一种论调在互联网上流传很广，既生活在海外的中国人大都不滋润不如意，有人甚至断言「很多中国人在欧洲都生活在底层」，在着文对中国和欧洲的生活方式和质量进行对比时，也是一叶障目、以偏概全，之所以认为中国人在欧洲生活惨淡是因为他所认识的同胞「在国内没有任何关系，也对国内现在的情况十分陌生，在国外也没有做到管理层。」也就是「见到能进入西方主流社会的中国人几乎没有。」而且「留下来的华人大多在大学做研究工作。生活很乏味，相对清贫。在这里定居的中国人穿着都很土，很明显赶不上国内人的时髦……为了省钱，不敢随便去餐馆吃饭和消遣，更不敢轻易请朋友吃喝玩乐，出门也不敢住酒店……生活的压力，郁闷和乏味使他们（海外的女同胞）衰老的很快。而在国内滋润的生活使我们的父母身心健康，相对国外的华人都看起来年轻很多。」更有甚者，作者还用他自己的标准来替这些人衡量一下，「这些年的努力如果是用在国内，至少在大城市有自己的房子，私家车或公司配车。如果在公司能做到管理层，在外面吃饭打车可报销，出国的机会也不少。」其充满阳光的前景就是「做的好，甚至会给你带来一间自己的公司。」由此引出自己不愿继续留在欧洲的原因竟然是：这里的电视台如果没有接收天线，只能收到五个频道、不能随心所欲地宽带上网、看不

到高楼大厦、立交桥没有北京的多、风味餐馆不像中国那么到
处都是、商场关门早周末不营业等等，等等……

这些幼稚的观点真是令人啼笑皆非。显然，作者所认识的
只是一些游离了生活实质的表面现象。令人匪夷所思的是，此
文一出就在互联网上引起一片反响，说明他还是道出了相当大
一个群体的心声，这是一批有充沛的精力和热情去追赶潮流却
又没有足够的能力来判断这个世界的人。每当我接触到诸如
此类的论调时，就会联想到那些先天营养不良的种子，它们
只能择地而生甚至蜷缩在温室中。种子在这块土地上不能发
育成熟并不是土地的过错而是种子的悲哀。君不见，即使在墨
西哥广袤干旱的沙漠中也有满身荆棘的仙人掌在显示着顽强的
生命力？

对任何一个地方任何一种事物的评价都会存在不同的观
点，正所谓见仁见智。如果作者对欧洲的评价客观一些，对不
愿继续留在欧洲的原因坦诚一些，说穿了不外乎不适应这里的
社会环境，不了解欧洲人的生活状态，归根结底还是自己资历
短浅，对远离父母亲朋、只身在海外的生存能力欠缺，由此而
产生了文艺腔般的「乡愁」，相信大家会理解你的年轻和缺乏
历练，毕竟这里不是我们自己所熟悉的一切，一觉醒来，突然
发现十几年甚至二十几年所积累的的人生经验统统被推翻了重
新来过，作为过来人，那精神上备受煎熬的滋味想必婴儿断奶
时就是这般难受。遗憾的是，作者并没有认识到这一点，或者
认识到了也不愿承认，拒绝更新观念，汲取异邦的营养充实心
灵，还反咬一口，胡乱涂鸦人家的国度，未免可悲又可怜。就

好像一个刚断奶的婴儿，只顾得留恋奶头奶嘴的温馨而拒绝吸收饭菜的营养，还将之一把推开大哭大骂是「臭粑粑」一样，他当然不知道被他骂得狗屁不如的东西恰恰是他成长过程中不可或缺的。好在绝大部分婴儿在哭过闹过之后还会凭着生存的本能平安过渡到另一个成长阶段的，而个别死活不接纳新营养的，就只有靠着日渐稀薄的奶汁苟延残喘，即使有牛奶补充，也不过像是惯于依赖父母的孩子在父母无能为力的时候，即便有七姑八婆相帮，始终不会自立也是枉然。

　　什么叫作融入主流社会？什么又叫作生活的最底层？我有一位IT行业的朋友早已经是德国某大公司的主要股东兼部门主管，他属下的员工都是来自世界各地的专业人才，当然也包括中国人，你能就此断言作为部门主管就生活在社会的上层，而他的属下就生活在下层吗？从某种意义上讲，作者所认为的上层社会似乎就是升官发财了，那样的话，相信不止生活在海外的中国人，世界上任何一个国家的芸芸众生们都是生活在作者观念上的底层，和社会整体比起来，达官显贵毕竟凤毛麟角。

　　至于你所看到的海外女同胞大都穿着过时的衣裳，外表看上去比你国内的父母们显老，就断定人家是由于生活单调、乏味所至，我倒要问一声，你究竟是在什么场合遇到这些人的？如果你把这里普通人闲适自如的日常生活拿来和国内同龄对自身形象不敢怠慢的职场打拼状态相比，显然是比错对象了。就好比别人把你在国内熟悉的女士晨起时宽衣肥裤睡眼惺忪的样子拿来和在欧洲影院剧场、高级宴会上遇到那些衣着得体、举止典雅的女同胞来相提并论一样有失公允。因为日常生活毕竟

属于自己，无论穿什么、怎么穿都遵从自我的舒适，而公共场合的形象则属于公众，得体的衣着举止既是对他人的尊重也是对自身的尊重，将两者混为一谈才授人以柄贻笑大方呢。更何况，生活在欧洲的同胞很少在穿衣戴帽上花费心思，更鲜见互相吹牛攀比，这更说明他们生活得心性坦然自由，其境界已经远远超越了最基本的穿衣吃饭，说不定你今天在大街上遇见的那个素面朝天、衣着落伍的女士明天就开着豪华跑车漫游世界去了。单从外表评判人家的生活水准，在欧洲这个人文环境里实在是太不合时宜。说到这里，我反倒对国内的同胞姐妹每天不厌其烦地在脸上揉搓涂抹、身上垫胸裹腹、脚蹬高跷一样皮鞋去装扮美丽而深表同情。试想，让一个人每天都戴着化妆品保养品的面具把躯体装进时髦服装的套子里，偶一为之尚可接受，天天如此长此以往就是对自然的扭曲、对天性的压抑。不分场合地一味崇尚外表的风光美丽，不如追求身心的放松，身着时髦霓裳过世招摇，不如置身在蓝天白云下自由地呼吸。

国内有国内的美，欧洲也有欧洲好，两者不是谁是谁非哪好哪坏的问题，而在于你所受的教育、你的个人修养和生活习惯以及心理承受力更适合在哪里生存。如果适合国内，认为那里人亲土亲，人际关系和谐，就抬腿回国，归去来兮未必不是一个可行的选择，一张机票就能解决的问题犯不着牵强附会地贬损别人的国度，毕竟，这里曾经是你求学镀金的地方，你把它贬的一文不名，显然对你也不是件光彩的事。话说回来，如果适合这里（欧洲究竟好在哪里毋庸我赘言，相信大家心里都有数），那就只有如饥似渴地勤奋苦读，使出吃奶的气力来

吸收人家的文化营养，否则就没有机会跻身人家的「上层社会」，更别提什么「学成报效祖国」了。国家建设需要的是栋梁之材，无论南来还是北往，土生还是海归，不学无术又以偏概全满腹牢骚的低能儿在哪都嫌多余。因为我们的祖国既不需要二十四小时逛商场泡网吧的寄生虫，更不需要贪图私家车、公车报销的享乐者。我们的祖国需要的是不畏艰险的创业人，是脚踏实地的劳动者。在踏上祖国这块热土之前最好扪心自问，自己将以何才何能在这块土地上立足？

有女儿的感觉，真好！

　　凌晨被清梦扰醒就难再入眠，随手拿起放在床头柜边的电脑，钻进自己的空间里漫无目的地浏览起来，一页页地翻阅着回顾着，翻到去年此时写的〈智者的山，仁者的水〉时，栩栩如生的文字记载又把我带回了一年前，当时女儿演出的舞姿又清晰地重现在眼前，当读到自己坐在高高的看台上体会女儿的孤独抗争时，泪水又一次模糊了双眼，情不自禁地伏在枕上无声地啜泣起来，直到打湿了半边枕巾我的情绪才逐渐平复，宣泄之后的心情轻松多了。做为母亲，亲身陪伴着女儿一点一滴的成长，她的每一丝进步都渗透了母亲的心血，她的每一丝委屈都牵扯着母亲的心，这也是我每每读到此处，情绪难以自控的原因。

　　母爱的付出是情不自禁的，作为母亲，虽然在为子女呕心沥血的时候并不图求回报，但母亲倾注在子女身上的爱心会随时通过孩子的一言一行折射回来，这就是孩子给母爱的最好报答。它有时是特定时刻一个会心的微笑，有时是你口渴时孩子递上的一杯热茶。每次想到自己清晨被电话铃声吵醒，匆匆跑上楼接电话的时候，女儿睡眼惺忪地出来默默地给我披上她的外衣，然后又不声不响地返回床上继续酣眠时，我都会被深深地感动。虽然更多的时候，子女给母亲的回报是无影无形的，但作为母亲，我却能切身地感觉到。这种感觉让我的内心时时被充实着、温暖着甚至幸福着。

　　昨天，为了赶赴傍晚在中国大使馆举办的迎春晚宴，本来和学生家长约好去诗般岛的老城区找一个她认识的理发师做头发。打算做好新发型后回到家里再精心修饰打扮一番，面目一新地出现在众人面前。没成想，由于自己的疏忽，没有及时地更换火车，害得学生家长在约好的站台白白空等一个小时，等我们终于碰面赶到美发厅时，又被告知她的理发师生病了没来上班，我想既来之则安之吧，把头发交给别的理发师打理也未尝不可。碰巧这天来美发的人如此之多，我们只好在对面的咖啡吧里坐等，直到晚宴前最后一班火车快来了人还未散，我无奈地放弃了先前的计划，只好身着当天出门时的一身运动便装前去赴宴。一路上不断地遇到盛装打扮的熟人，相形之下，更显得自己不合时宜。

　　恰在这时，大女儿露露打来电话问我还能去参加晚会吗？我回答说，时间来不及了，我直接过去了。她又问，你穿什么过去呀？我说，还不就是今早出门那身，头发也没做成，今天可是糗大了。露露说，你的邀请卡还在家里呢，要不让爸爸开车带我们赶过去，我给你拿一身衣服吧，你要哪身呢？此时，面对如此聪慧又理解我的女儿，我已别无所求，只说，随你吧，今晚妈妈把形象就交给你了，你带什么来妈妈就穿什么。

　　女儿的电话让我心里有了底气，随着前来的嘉宾来到使馆礼堂落座，观看由重庆艺术团带来的精彩慰问演出。这时，每每有穿着得体的熟人过来寒暄，怎么穿成这样就来了？我也落落大方地回答，是呀是呀，从健身房直接过来的呗。好不容易

等到灯光黯淡下来，众人的注意力都被吸引到舞台上，这时，露露牵着妹妹的小手适时地出现了，她用目光搜寻到我后，一手牵着妹妹，一手提着一只大挎包急匆匆地越过众人挤向我的座位。我忙安顿好姐妹俩，演出到中场就提着露露给我带来的挎包溜进了盥洗室，我担心等演出结束时那里会有很多人，我换服装就不方便了。此时，演出正进行到高潮，观众的掌声一阵比一阵热烈，趁盥洗室里空无一人，我好奇地把露露带给我的衣服从包里拿出来，眼前不禁一亮，那是一件荷叶领杏红色绸缎夹袄，上面还镶嵌着亮闪闪的金丝绣，是家嫂几天前刚刚从国内给我捎回来的春节礼物，样式和颜色都是今年最流行的。我换上绸袄，镜子里的我立刻就亮丽起来。可是再往下看到我的运动裤，就明显地不伦不类了。我抱着一线希望又把手伸进挎包里，这回不但掏出一条黑色金丝绒长裙，还有一双同色调的长筒袜呢，我忙欣喜地换上，没想到，女儿替我将今晚的服装款式和颜色搭配得如此协调。在女儿的精心设计下，顷刻间我就焕然一新了。最后，我掏出随身携带的口红轻点绛唇，然后又将唇膏淡淡地点在眼睑上充眼影，点在脸侧作腮红。这时，演出已经结束，我随着观众们陆陆续续地来到宴会大厅，朋友们见到盛装打扮的我，纷纷惊叹说，雨欣呀，你今晚真漂亮，这样装扮才对嘛！这时，我高高地昂起头，得意地回答：是的是的，这都是女儿的功劳呀。

女儿的适时出现，把我从尴尬无助的境地中解救了出来，她像个魔术师，把一个灰头土脸的妈妈顷刻间变成了光彩夺目的贵妇。曲终人散时，先生突然发现了我今晚装扮的漏洞，批

评道：「哪有你这样着装的，鲜亮的民族衣裙竟然配着一双乌糟糟的大傻棉鞋，没听说脚下没鞋，人矮半截吗？鞋子没穿对，光衣裙漂亮有什么用！」我说：「你懂什么，这是我有史以来穿得最漂亮的一天！」

　　有女儿的感觉，真好。

参加大使馆的晚宴

恍如隔世

教学工作紧张繁杂，已经很久没有静下心来涂鸦写点什么了。

这几天稍有闲暇，就捧读女儿从网友手里征购来的路遥作品《平凡的世界》，这部让一代英才啼血早逝的鸿篇巨作是我一直要拜读而又一直没机会拜读的。路遥在书中以他特有的质朴和深沉向读者展示了黄土地上辛苦劳作那一代人的艰辛生活。昨天，坐在开往市中心的地铁里，我还在为书中人物的窘迫和困苦感叹不已——那本书就摊在我的膝盖上。到站后，我收起书，随着各种肤色的乘客一起匆匆走出地铁，望着街上的川流不息的高档车辆和身着色彩艳丽而随意服装的人群，时空强烈的反差在心头震荡，不禁疑惑，我这是在哪儿？

产生这种疑惑并不奇怪，因为书里描写的是七、八十年代的中国，那是一个东方泱泱大国由落后保守走向改革剧变的年代，路遥的成书年代又是上个世纪的九十六年，距今已过十一个年头了。十一年，在当今飞速发展的社会生活里，能发生多少天翻地复的变化呀，更何况，我自己又置身在遥远的欧洲，在另一片土地上透过三十年的沧桑岁月透视那个年代发生在自己身边的故事，那感觉，真是恍如隔世……

一部文学作品，经过时空的洗礼，竟然还能打动人心，引起读者的思考和感慨，就不失一部好作品。

王文娟

——我心中永远的林妹妹

近来，沸沸扬扬的新版红楼选秀把八十年代版的电视剧《红楼梦》重又炒得炙手可热，就在大家担心新版林妹妹无法超越陈晓旭的时候，又传来了当年扮演林妹妹的陈晓旭毅然抛却亿万身家遁身空门的确切消息，一时间陈晓旭版经典的林妹妹成了大家心中永久的痛惜，就在大家把林妹妹的目光都聚焦在陈晓旭一个人身上的时候，此时我的心里却浮现出另一个经典的林妹妹，她就是六十年代初，越剧红楼梦里林黛玉的扮演者——王文娟。

记得第一次看越剧红楼梦的时候还很小，是逃学去看的。虽然影片里的对白听不大懂，但还是被林妹妹那迷人的气质和超凡脱俗的神仙模样深深吸引，林妹妹的葬花和宝哥哥哭陵一场，唱词我是一句也没听懂，却也跟着哭哭啼啼，因为那唱腔和场景实在是太悲戚了。出得影院，我还和一同逃学的小伙伴争论贾宝玉到底是男孩还是女孩，想想真是好笑。后来，不止一次重看越剧红楼梦，和很多红楼爱好者一样，很多经典唱词都能大段大段地背诵下来，王文娟饰演的林黛玉成了我心中谁也无法逾越的经典，印象中的林黛玉就应该是她那细眉细眼的样子。后来才知道，王文娟扮演林黛玉的时候都三十多岁了，

而且正赶上国家困难时期，根本就吃不饱饭，倒是不用特殊减肥了。当年她和着名表演艺术家孙道临喜结良缘还是扮演宝哥哥的徐玉兰做的大媒呢，宝哥哥亲作媒嫁掉林妹妹，也成就了圈内的一段佳话。可是，她们的婚事却遭到了导演的阻挠，因为当时正是拍摄黛玉焚稿一段重头戏，导演担心处在新婚喜悦中的王文娟拍不出林妹妹的凄惨愁苦。事实证明，不负众望的王文娟塑造的林妹妹成了一部分人心目中的经典，就像后来的陈晓旭塑造的电视剧版的林妹妹成了另一部分人心目中的经典一样。不久，电视剧红楼梦也和观众见面了，有了王文娟先入为主的印象，大家开始对陈晓旭扮演的林妹妹评头品足起来，说陈晓旭怎么看怎么不像林妹妹，因为陈晓旭版的林妹妹缺乏王文娟的柔弱和胆怯，是尖酸有余惹人怜爱不足，还说陈晓旭演的林妹妹笑起来太开怀了，不像个寄人篱下的孤苦少女，倒是个被人宠坏了的任性孩子……二十年过去，时间证明，陈晓旭版的林妹妹也成了后人无法超越的经典。当年人们拿王文娟做标准来衡量她，如今她又成了大家心目中衡量后来者的标准，陈晓旭和王文娟两代林黛玉整整相隔二十年，现在，新版红楼选秀和陈晓旭也相隔了二十年，也许，二十年，就是一个艺术形象的轮回再生？

不管岁月如何更替，不管新人如何辈出，王文娟——我心中永远的林妹妹，她的一颦一笑，她紧蹙的愁眉，她哀婉的唱腔，她苍白的病容都成了我心中挥之不去的记忆。如今的王文娟已是八十高龄了，我衷心祝愿她健康快乐！

精心装扮留倩影

　　深秋的某一天，女友兴之所至地约我趁着大好秋色，一起去离家不远的公园去拍些照片。起初，我很不以为然，因为我平时照片很多，都懒得整理了，再说，那个公园对我来说也不稀奇，想去随时可以。主要是似乎过了对拍照兴致勃勃的年龄，自以为青春不再，无论怎样修饰打扮，拍出来都是人到中年了。可是先生却起劲得很，满口答应充当我们的摄影师，他甚至劝我，再过一段时间回过头来看今天的你依然是年轻的。他说得很对，无论今天的我是什么样子，和以后相比，都永远是年轻的。女友说她后悔二十岁时没有留下青春的倩影，以致四十

岁的今天后悔不迭，我说，那就多留一些四十岁成熟的倩影吧，免得到六十岁时又后悔你的四十岁。因为，时光如流水总是一天天向后溜走却不会回过头来迁就你的悔意，所以，只要兴之所至，就应该留下我们生活的印记，这是岁月的纪念呀！于是，我精心地把自己装扮一番，使镜头里的自己看上去精力充沛心满意足的样子，我相信，照片记录下来的不光是我们此时此刻的外貌，更重要的，还有拍照时的心情……

难得的宁静

那些日子，感觉自己总是被一股力量推着向前，似乎脱离了原来的生活轨道越走越远。

那些日子，总是忙着看上去和听起来都很宏伟的事业，其中艰辛压力也只有我自己才能体会。

那些日子，忙忙碌碌中，心情一直渴望着宁静，只需片刻的宁静就好。半个小时，我就可以一个人骑车兜兜风，驶向近郊看看如洗的蓝天，和蓝天上如絮般的的白云。我住的地方骑车到郊外也就十几分钟，短短的时间里，你就可以从喧嚣中逃避出来。郊外有成片的麦田，站在田边，整个天空无遮无挡地高悬在头顶，晴天时如火如荼的太阳和雨后横跨天空的七色彩虹都会令人生发万端感触，举望眼，高楼林立的都市就在不远的前方。

前夜加班到两点，总算将这一阶段的任务告一段落。接下来不短的一段时间里，虽然还要处理很多重要的事情，但总算时间是归自己安排了，所以，有时整整一上午，我一个人在家里什么都不想做，充分享受着这难得的宁静。打开电脑，既不必查询什么，也不刻意等待什么，只是悠闲地浏览。时有所感，信手敲点什么，也算一种收获。

笔记本电脑就放在床头桌上，枕边那本渡边淳一的书是我一直要读却一直没有闲暇细读的，此时也能静心翻翻了。

　　倦了乏了，就随时将书搁下，沉入梦乡，但愿这白日里慵懒的睡眠中也有美妙的梦境相随。

　　其实，这种日子才是我真正要过的，平淡日子里这份宁静才是我真正想要拥有的。如果能天天这样单纯地生活着，纵使粗茶淡饭，简衣陋室也心甘。

芙蓉姐姐的修养

　　过分的自信就是自恋，一直以来都觉得芙蓉姐姐就是这样的自恋狂。她勇于展示自己外人看来并不美好的蛇行身段，不管别人如何评价，她对自己的一切总是那么不客观地高估，她在ＢＢＳ上的红火成就了网民茶余饭后的笑柄。可是，今晚看了许戈辉在凤凰卫视主持的芙蓉姐姐专访，却令我对芙蓉姐姐刮目相看了。面对许戈辉恶意挑衅般的提问，进而引出不知何处冒出来的真假嘉宾们一轮轮狂轰烂炸，芙蓉姐姐竟然能做到以不变应万变，不管他们如何言辞尖利地发难，芙蓉姐姐都是报以一个憨厚又不乏灿烂的笑容。相比之下，倒把尖酸做作的许戈辉显得苍白和浅薄。一个专栏节目的主持人带有明显的个人偏见问出诸如：「你不觉得你的勇敢已经成为别人的笑料了吗？」「面对嘉宾的尖锐批评你心里难道没有任何感觉？」「是什么使你练就刀枪不入之身的？」等等。芙蓉姐姐不卑不亢的回答不时引发观众席上的阵阵掌声。我本无意替自恋得有些病态的芙蓉姐姐说话，但许戈辉和某些嘉宾的作法实在是自降品格，让人感到其修养水准还真不及芙蓉姐姐一个脚趾头。也许在录这档节目时许大美女的大脑进水了，竟然引诱一位五官位置严重挪位的女嘉宾振振有词地对芙蓉姐姐说教什么：「你以后应该改善自己的形象」云云，也不知究竟谁才应该去改善形象，此女的不知斤两真是比芙蓉还芙蓉。更可笑的是，

有一位带着大墨镜，长头发遮住整张脸的男子竟然大言不惭地当面指责芙蓉姐姐：「不是一个自然、真实的状态。」许戈辉不失时机地敲边鼓：「也就是说很做作！」就算该男子说的不无道理，可你在指责别人不真实的时候，是不是也该摘掉墨镜，归拢乱发，把你那真实的尊容露出来呢？最起码，在这点上，芙蓉姐姐那张脸丑也好俊也罢，总比你那张遮遮掩掩的男人脸真实得多！许戈辉采访芙蓉姐姐的目的显然是试图把她推到一个公审台上，哪承想却给了芙蓉姐姐一个展示自己过人修养的良机，无形中又把某些自以为社会主流之人的灵魂阴暗面暴露在大庭广众之下。

芙蓉姐姐坦率地承认自己在上大学期间出过车祸，当时伤得很严重，至今还被那场车祸的后遗症困扰着。如此说，芙蓉姐姐的某些言行异于常人，并不排除是车祸中大脑受到创伤所致，她脑袋被车撞坏了没恢复好，可那些在媒体上公然对芙蓉姐姐讥笑嘲讽的正常人呢？作出此等莫名其妙的采访和一个大脑受过创伤的人较劲，不觉得无聊透顶吗？

姐弟恋爽吗?

　　刚看完王朔和刘震云策划的电视剧《动什么，别动感情！》。里面有一个刚满二十岁的阳光大男孩廖宇，简直是人见人爱，把他一个八竿子打不着的远房亲戚家折腾得天翻地复，从年过七十的楼长姥姥到二十七岁的白领老姐，最不济也是颇具明星像的二姐（仍然比他大一岁）。这么说吧，只要是女人，甭管哪个年龄段的，管保见了这个小孩儿都七魂出窍九魂升天。联想到歌坛天后王菲的前任男友和现任老公，也是姐弟恋的典型注脚。网路上生活中银幕里，似乎一夜之间铺天盖地姐弟狂恋起来了。

　　姐弟恋酷吗爽吗？我问了一百个人，也得到了一百个答案。

　　有的说，找姐姐好呀，姐姐会照顾人；还有的说，俺穷呀，可是妹妹更穷，吃喝拉撒还得靠俺呢，只有和有点根基的姐姐恋爱才有咸鱼翻身的机会；更有的说，找个年长一大截的女人恋爱刺激呀，凡是刺激的东西就想尝试；当然，还有一些更加高尚更加冠冕堂皇的理由，诸如姐姐的学识高待人宽厚，姐姐的见识广可做领路人，吃了姐姐烧的饭离不开，我家的小猫拉稀只有姐姐会调理等等不一而足……以上都是弟弟们的一面之词，至于姐姐们究竟是怎么想的我还没调查出个所以然，只有希望有此经验的姐姐们不吝赐教了。

对热衷于姐弟恋的弟弟们，我也有吉言相告：

首先，姐弟恋的最佳年龄差距应该是相差三至五岁，因为这个年龄差距既能体现出姐姐的优势又不显得姐姐太老，弟弟风华正茂、姐姐依然年轻，不错。差个一、二岁基本还是同龄人，不算什么姐弟恋，况且如今的姐姐们多妖精呀，弄不好弟弟们倒显得比姐姐更苍老。像朔爷的电视剧里那两位，小陶虹比廖宇大了七岁就有点不对劲了，所以他们爱得缩手缩脚的，姐姐担心等弟弟读完四年大学自己都三十一了弟弟会嫌她老，弟弟担心自己没经济基础，而姐姐是月收入五个零的白领精英，怕被人说是吃软饭的，连姐姐送的电脑都不敢要；如果像王菲和小谢，年龄相差十几岁就更不靠谱了，因为过了十岁基本就属于两代人，不该叫姐弟恋而应该叫「姑侄恋」或者「姨甥恋」吧，相差再大就成「母子恋」了。

其次，姐弟恋的最佳年龄段应该是二十以上四十以下。不到二十岁，姐姐有勾引未成年之嫌，过了四十岁，弟弟自己也成熟了，姐姐就没有了优势，小弟弟喜欢大姐姐似乎天经地义，如果壮年男子喜欢半老徐娘就显得不伦不类。

昨天，我那帅哥表弟向我宣布他的新恋情：「姐，我和X大姐恋爱了！」我好言相劝：「老弟呀，那个刚离婚的X大姐比你老姐我还大三岁呢，你那么帅，还是去找小姑娘恋爱吧！」表弟不屑地说：「你真老土，如今只有老头子才爱找小姑娘呢！」

崔健大哥说什么来着？

「不是我不明白，是这个世界变化快……」

害死男人的十大荒唐想法！

　　前几天一位朋友向我推荐一篇网上流传的文章，题目叫「害死女人的十大幼稚想法！」在此，我不吝笔墨将原文摘录如下，希望姐妹们不要不明就里地对号入座：

一、相信天下男人都好色，都背着自己的老婆和外面女人多多少少有一手，但是自己老公除外。

二、相信一个青年的理想，然后嫁给他。三十岁的时候，仍然相信不名一文的老公会有大作为。四十岁的时候，相信自己的孩子是天才。

三、看某某偶像帅哥在电视剧里面痴情一片，便执着的认为演员本身一定是一个纯真的好男人。

四、逛街购物，一定不委屈自己，相信试穿在身上的衣服绝对合适自己。买回家再看，越瞅越不顺眼，丢在衣柜再不理会，下次上街，同样如此。

五、从参加工作到结婚，已经多年没有读完过一本小说。但是，还坚信自己是一个有知识有品味不媚俗的知性女人。

六、穿瘦身内衣，以为男人不知道她胖。

七、花钱做美容，以为男人不知道她老；与男人谈政治，以为男人不知道她无知；没钱的，披金戴银，以为男人不知道她没钱；有钱的，装穷酸，扮苦相，以为男人不知道她有钱；离婚的，到处说老公

坏话，以为别人不知道她也有责任；没离婚的，故做幸福状，以为别人不知道她过的不幸福。

八、她说话，你出于礼貌盯着她的眼睛，她就以为你不嫌弃她罗嗦；穿新衣服，你说好看，她便炫耀着出门；你饥肠辘辘，狼吞虎咽，她便以为自己做的菜好吃。

九、年轻漂亮的，相信自己二十年后，依旧是一个人见人爱的大美人；年轻长的不好的，便认为自己有气质；岁数大的，坚信自己年轻时曾经美丽；相貌气质身材都不好的，拍一张浓妆艳抹的艺术照，相信照片上的美丽女子就是自己。

十、恋爱时，遇到感觉不好的合适的结婚对象，于是便决定嫁给他，相信婚后一切会改变，感情会越来越深；婚后，感情受挫，麻烦不断，便相信生一个孩子就可以改变男人的不负责任，就可以永远栓住他。

最「可爱」的女人认为，以上十点都没有说到她自己。

读罢该文，不禁莞尔。这篇文章显然是出自男人之手，而且是个主观臆断的男人。虽然该文用轻松活拨的语气将女人们狠狠地幽默了一回，但明眼的女人一看就知道，文中所列举女人的种种幼稚可笑之处不过是男人们一厢情愿强加给女人的。当男人用他们的眼光恣意打量评判女人的时候，殊不知女人们也在用自己的标准来衡量他们，于是，本人一时手痒，也信笔总结十条大大地幽男人们一默：

一、相信天下女人都虚荣，攀比妒忌，只认金钱不认
　　人，恨不能把男人腰包都掏空，但是自己的贤良老婆
　　除外。

二、年轻时，相信自己是天才，他的男人魅力能使天使嫁
　　给他；三十岁时，仍然相信身边这位成天围着他转的
　　凡间女子就是天使专为他而彻底改变的；四岁的时
　　候，相信自己的儿子是个小天才，女儿是个小天使。

三、看到某个心怡的女明星又出现了绯闻或嫁入豪门，就
　　一口咬定人家是九尾狐狸投胎转世，暗中期待她们婚
　　变的消息，表面装作不屑一顾，其实内心向往已久。

四、和人一起吃饭时，抢着买单，大有一掷千金的豪气，
　　回到家里却偷偷盘算人前赢回了多少面子，输了多少
　　银两，甚至还抱怨人家的胃口好忒能吃。

五、从大学毕业就没在读过一本和专业无关的文学着
　　作，仍坚信自己出口成章语惊四座，其文学修养内
　　不服余秋雨，外不输高行健。

六、身穿休闲装，脚踏旅游鞋，故作随意洒脱，以为女人
　　不知道他体态臃肿啤酒肚。

七、有时肯为他喜欢的女人大把花钱，以为女人不知道
　　他气虚；有时故作深沉与女人谈情意，以为女人不
　　知道他薄幸；有老婆的，大谈老婆不尽人意之处，
　　以为人家不知道他自己欠厚道；没有老婆的，就以
　　为自己是钻石王老五在张网以待，以为人家不知道
　　他根本就没人要。

八、听他吃饭吧叽嘴，你多看他两眼，他就以为你被他的成熟男人气质所征服；他和你说话，你出于礼貌微笑倾听，他就以为你愿意以身相许。

九、没钱的，相信自己才气过人，尔等凡人有眼不识金镶玉，总有一天老子会发达；有钱的，以为金钱能买来一切，买来一只漂亮的金丝鸟就是买来了爱情。

十、失恋时，明明自己被甩了，还幻想着总有一天，那个负心女子也会遇到一个负心郎，然后流着悔恨的泪水回到他身边。结果，人家却幸福美满得一塌糊涂。若干年后，他又想，多亏当初她没选择我，你看她现在眼角的鱼尾纹，还有粗腰身……却没照照镜子里的自己，弯腰驼背罗圈腿外加老花眼，如果让对方此时再选择，他依旧是没戏唱。

最「可爱」的男人认为，以上十点都没说到他自己。

欢迎男士们对号入座，同时也希望女士们偷偷打量一下自己的枕边人，看看他符合多少条。如果一条也对不上，要么是我对男人缺乏了解，要么是他真的是难得一见的「最可爱」的男人。

网路徐娘也疯狂

　　曾经在某杂志上读到旅德作家老夏的文章〈电里有话〉，洋洋洒洒地讲述了中国人近二十年电话的演变，照他这么说，这电话好像还真是时代进步的一大标志之一。在我们的日常生活中，电话虽然早已成了不可或缺的通讯手段，可还有比它更先进的更神奇的老夏还没来得及说呢，我本来是打算等老夏论完了电视论电话，然后肯定就轮到它了——网路。可几次和他老兄提起，他都是一脸的茫然，约他上msn聊天，他反问：msn是个什么鸟东西？等我口沫横飞地解释半天，他的脸还是茫然着。至于什么雅虎即时通、QQ视频等更邪门的网路通讯方式，他老人家更是闻所未闻，所以，我只好不等他的下文了，索性自己撰它一篇，虽然不一定有老夏的博大精深，也算是一家之言吧。

　　事先声明，我这里绝没有贬损嘲笑夏老兄落伍的意思，这年头，除了觉着自家孩子长得慢，什么都是变化快，这世界一天一个样，照老夏的话说，当年没电话的时候就盼着有机会和电话那端的人不用见面就能问：吃了吗？而今家家有电话，人人有手机，网路通讯的发展更是突飞猛进，人们突然又不满足这不见面的问候了，于是，网路视频便应运而生而且迅速蔓延。当视频电话和网路音频还处于计划和起步阶段，网路视频竟然以迅雷不及掩耳的势头将此二者合而为一。原来听几个小

博士生谈起这个陌生的词就像听天方夜谭一样，几次跑到电脑专卖店，面对那些林林总总的电脑配件都不知所措，根本分不清哪个是配哪个的。最后，终于耐不住好奇，放下架子向后生们虚心求教，在他们不厌其烦地指点下，我总算配齐了耳麦，网路镜头等一系列网上通讯所必备的东西，虽然听上去罗嗦，但用起来，真的是即神奇又方便，可谓不用不知道，用上离不掉。

几年前曾写过一篇网上聊天的文章，那时，本不老徐娘身怀六甲静候临产，为打发难耐的时光而一头栽进网路，靠着萤幕的遮掩，硬是冒充着纯情少女，不知骗来了多少哥哥弟弟的美妙遐想，人家一要电话地址，我就逃之夭夭，生怕一不小心缠上传说中的网恋。

那时的网恋是盲目的，由于不明就里，更为这恋情披上了神秘而又美丽的外衣。网路给陷入网恋的人儿带来的爱情幻想，美妙得如同万道霞光，可一旦回归现实，那霞光便会倏然消散，深深的失望又会将人抛进万丈深渊，网恋的结果经常伴随一个尴尬的词：见光死。所以，我一直认为，明智的网恋就应该只停留在精神的层面，既然明明知道那是个虚幻的感情世界，就不要将它和现实扯上干系。端坐在萤幕前的双方享受的是语言碰撞的乐趣，苦心编织的字句情真意切地感动着对方的同时，也感动着自己。由于互不见面，更增加了遐想的空间，这就足矣。

陷入网恋的人之所以无法摆脱这个虚幻世界里的虚拟情感，因为这里没有人世间的任何繁杂，却有被想像千万次美化了的她（他）。有她（他）的世界由于虚幻而显得美丽和不着

边际。网路虽然是虚幻的，但那躲在萤幕后面的灵魂却是那样的真实，端坐在萤幕前望着心上人的名字，思绪透过指尖流向键盘，流向萤幕另一端的她（他），这一切都会使人一度忘记了网路与现实的距离，忘记了现实世界的无奈和困惑，忘记了年龄忘记了自己，惯于墨守陈规的躯体承载着精神的自由，这一切，都使本应暗香盈袖的淡淡思绪，在不知不觉间幻化成汹涌难平的潮水，时时拍击着思念和盼望的心怀。哪怕和你卿卿我我儿女情长的那一方，实际上是个恐龙青蛙，靠着萤幕的阻隔，任他（她）咬紧牙关，硬充帅男美女，谁会知道真相？就连比尔盖兹的狗上网，对方还以为是会说外星语的大侠驾临呢。

「忽如一日春风来，千树万树梨花开。」可惜好景不长，网路视频似乎是一夜之间遍地盛开。当我踏进久违的聊天室，只见到处都是小麦克风小摄像头的标记，纯粹的键盘输入聊天室已门庭冷落，当你大模大样地踱将进去，还没等开口寒暄，人家就问：你有视频吗？没有，免谈！显然，网友「见光死」这个经典结论随着视频的普及，也该变成历史名词了。看来，徐娘们的幻术在先进的科技手段面前必将原形毕露，从此再也没有冒充纯情少女的可乘之机。有道是，它科学技术道高一尺，本不老徐娘魔高一丈，面对镜头，咱这回将纯情的网路戏说变为真诚沟通了，这时所交的朋友既是网友也是见得阳光的现实朋友。果然，上帝关了一扇门，同时又给你开了一扇窗。

我友小飞鱼儿（当然是网名），虽年已不惑，但风采依然，作为私营企业经理的她经常上网和商业伙伴恰谈业务，借助网路快捷的通讯方式，她及时地把握了商机，几单大专案的

成功运作，更增加了她对网路信任。就在此时，一个文采飞扬语言幽默的哥哥在网上开始向她频频递送橄榄枝，这个哥哥显然是被小飞鱼儿虚拟世界里的俏皮言谈方式所吸引，一厢情愿地把她当做青春少妇来追求。小飞鱼儿也将错就错，渐渐地，她也被这个哥哥的才华所折服。一来二去，竟然一夜不入网，如隔三秋兮，直至入迷到网上不见哥，茶饭不得思。这期间，哥哥向小飞鱼儿索要照片，拥有青春美貌当年勇的她索性把自己十几年前的照片甩出去迷惑哥哥。哥哥一见玉照，果然大喜，于是增加了追求的力度，情真意切诉说思念的电子书信一封接一封地抛过来，就在小飞鱼儿深陷在哥哥的柔情蜜意里不能自拔的时候，哥哥提出了见面「升华爱情」的要求，小飞鱼儿当然婉拒，因为浪漫的她追求的只是精神上的共鸣和安慰，根本不想现实地越界。更何况，聪明如她，怎能自投罗网戳破自己美丽的谎言和哥哥对她同样美丽的遐想？美丽的谎言凭着地域和时差的间隔，就这样持续着。直到忽然有一天，哥哥装视频了，他极力要求小飞鱼儿也装一个，这样他们就能面对面地听着声音看到对方了。哥哥一求被拒绝，再求被拒绝，三求仍被拒的时候，他失去耐心的同时也产生了怀疑，从此消失在小飞鱼儿的网路世界里。

黯然神伤的小飞鱼儿知道我曾当过网路编辑，就跑到我这里讨好主意，虽然编辑左右的是文字而不是爱情，但我还是按自己对网恋的理解给她提了几点建议：一、如果把网路当做虚拟世界，就不要对这段感情抱有任何幻想，更不必倾情投入，前一阵的交流就算是一段难忘的经历在记忆里留存吧。二、如

果已经认真不能自拔了，就说明你只是把网路当做现实的通道和桥梁，把网路情人也当成了现实中的恋人，这样的话再欺骗下去就是对爱情和友谊的亵渎，不如索性坦诚地告诉他实情，如果他还珍惜你，就不会介意你的年龄，反而会被你的真诚所打动，你成熟的魅力和对事业的成功追求未必不是吸引他的因素。三、如果他知道真相后，因为你不是他心目中所向往的美妙佳人而逃之夭夭，就说明你和他根本就不是一类人，又何必勉为其难。过去的一切再美丽也只是梦幻，是梦就总有醒来的时候，不妨把心头所有的杂乱都交托给时间，冲走该流逝的，沉淀下该记住的。四、如果再入网求友，无论是真诚相知的朋友还是谈情说爱的恋人，都要吸取这次的尴尬教训，以诚待人，真面目示人，真心只有用真心来换取。说完这些，我应她所求，当枪手为她那情哥哥赋诗一首以挽回似铁郎心。因为没有实地演练，写不出情真意切的文字，只好临阵篡改苏老先生梦悼亡妻的《江城子》来凑数：

攥改苏轼江城子——网上情缘

几载情缘两茫茫，
不思量，自难望，
一盏孤灯，无处话凄凉，
纵使不逢也应识，
情满面，泪千行。

夜来幽梦忽入网，
小视窗，登陆忙，

手持滑鼠，故作矜持状，
料得夜夜断肠处，
萤幕前，键盘上。

诗词被她拿走哄骗哥哥去了，随后我就把它挂在了论坛上，也算是版权所有吧。不出一天，竟然有无数真假江城子前来应和，都是倾诉网恋心情的，将现实感情寄托于虚拟网路的普及程度由此可见一斑。甚至有网友发来短信戏言：

上网了吧，网恋了吧，幼稚思想受骗了吧？
网恋了吧，投入了吧，感情走上绝路了吧？
投入了吧，见面了吧，没有以前来电了吧？
见面了吧，后悔了吧，美眉变成恐龙了吧？

寥寥数语虽然通俗，却令人莞尔。

随着网路视频语音的迅速普及，网路那份虚幻神秘已经越来越蜕化了。现代通讯的发展使人类的交流和沟通，转了一大圈又回到原地，虽然不是实质性地面对面，但面前那方小萤幕里所呈显出清晰的图像，使地球那一端的交流者彷佛近在咫尺。近来听说中国广州还申请了视频作爱器具的专利，只要萤幕两端的双方操纵滑鼠就能实现异地云雨。据说此物最初被当作淫具禁止，后来又成了防止爱滋病传播的天使，这时，天使就是魔鬼用来示人的另半张脸孔。连人类最原始最永恒的爱欲情仇都能通过网路视频来实现，留着这副血肉之躯还有何用？

　　当人们逐渐习惯了面对毫无生命的电脑痴情傻笑的时候，生活中就永不再有鹅毛千里相赠，鸿雁万里传书的佳话了，人类也会渐渐丧失爱的能力。因为，爱情一旦失去了对恋人绵长的回味和悠远的期待，就和只能饱腹却营养缺乏的速食面没什么两样了。

　　某日面对视频里的他问（他在中国我在德）：你吃了吗？他摇头作无奈状时，我端着一碗热气腾腾的水饺竟然无法送到近在咫尺的老公嘴里，眼睁睁看着他的口水滴答而落，可惜呀可惜。不由叹道，任凭科技发展的再迅猛、电脑的作用再神奇，还是有它无能为力的时候！

绿色的生命与希望

　　时光匆匆，一转眼离开天高地阔白山黑水的故土已整整十几个春秋。十多年来，我在他乡与故乡的文化夹缝中生存，精神的苦闷无依渐渐使我痴迷上两件事，一个是写作，另一个是厨艺。

　　写作的时候，我把满腹心事交托给一页白纸或一方萤幕，把它们当作是最知心的朋友，在写作的过程中尽情地舒缓与宣泄着自己的情绪，此时此刻，被身体囚禁的灵魂也趁机飘然升腾。如果说写作能使我的心在天上飘飞，那么厨艺则能让它重新回落现实的地面，随着一盘盘色香味美的佳肴从我手中炮制出来，满足了口腹之欲的同时也补充了身体所需的营养。饭烧好后，我更讲究用餐时的心情，所以，我家里食具和桌布的颜色都是我喜欢的绿色。在我心里，绿色既是盎然生机又是祥和宁静，因为，它原本就是生命的颜色。

　　此时，我写下「生命」两个字的时候，心却是颤抖的。因为，今天，就在西方家家户户都还沉浸在圣诞欢乐气氛的时候，就在这处处张灯结彩的喜庆时刻，巨大的灾难竟然从天而降，顷刻间天地裂变，滔天巨浪卷走了人间天堂的祥和与安宁，原本幸福的梦境几秒钟之内就变成梦魇，逾十五万之众鲜活的生命说消失就消失了，由天堂到地狱的转变是那样的突然，一切都没有预料，一切都在转瞬之间……全世界都震惊了，全世界都在为葬身在东南亚大海啸中的生灵哀叹……

　　一位平时为人处世极为认真的朋友深有感触地叹道：从今往后，无论是对亲人、对朋友、哪怕是对竞争对手，我都可以放弃一切原则，因为灾难使我懂得，什么东西都没有人重要，活着，只要活着，就是美好的。

　　人生苦短，世事无常，生命既是昂然的也是脆弱的，珍惜我们所拥有的吧，相遇，就是缘分；活着，就是幸福。

＊写于2004年末东南亚大海啸之际

再过二十年，我们来相会

一、同窗好友

午夜被大学里老班长的电话铃声吵醒，闻说昔日同窗二十年后要回到母校欢聚，我不禁惊异于二十年的岁月怎么就这样不知不觉间流走了？人生还能有几个二十年任我们自如挥洒呢？

一万年太久，只争朝夕。感慨过后的我立刻落实到行动上，风风火火地安顿好两个女儿两只猫咪，给学生们提前放秋假，就马不停蹄地启程回到了故园。

相聚的时间实在过于短促，当我见到阔别二十年的同学旧友时，恍惚间走过的二十年岁月还未来得及品味回顾，又身不由己地回到客居已久的他乡。有道是岁月如霜催人老，一见面，设想了无数回重逢的激动顷刻间荡然无存，有的只是二十年前同窗时的感觉，似乎这二十年是在时空中丢失了又忽然一夜重拾了回来。当年漂亮的女同学依然漂亮，连举手投足间的神态都没有改变，当年稳重的老大哥还是稳重的样子，只是让时间掠夺了当年那一头浓密的黑发，当年的疯丫头「疯」采依旧，当年的帅弟弟如今却成了「衰」弟弟，通宵的烟酒麻将害人不浅呀！

时隔二十个春秋寒暑，连我们的孩子都到了当年我们踏入校门的年龄了，要说我们不变那是假话。重逢那一刻，我就明

白了，哪怕岁月如霜似刀，它雕刻的也只是我们的容颜，我们内心的感觉，却一如昔日同窗少年时。虽然二十年我们在各自的人生旅途中已经走出了太远太远，沿途阅过无数风景领略无限风光，可是只要一回到我们人生的起点，所经历的一切已不再重要，是龙是凤统统打回原型，卸掉伪装回归自我，大家都是自己人，谁不知道谁呀！

　　家乡秋日的美丽比我梦中不知要美上多少倍，我欣慰；当年唧唧喳喳的女同学已人到中年，眼角的纹络中蕴含着平和沉稳，笑容中流露出舒心美满，我欣慰；当年玉树临风的羞涩男孩儿如今已个个腰身粗壮，幽默的言谈中透着自信豪爽，举手投足间处处显示着他们在家庭中、在社会上所扮演的举足轻重的角色，这一切的一切，都令我坦然欣慰。

摄影：高航

　　当大家笑谈当年小儿女初恋时的稚嫩情意时，那时忌讳莫深的话题沉淀了二十年竟然令人生出那么绵长深远的回味，看来感情果真如酒，时间越长越醇厚。校外早恋的我无缘成为他们话题中的一员，内心不禁飘过一丝淡淡的失落，同时也充满着深深的庆幸。失落的是，在那个特定时期的舞台上，我只是个局外看客；庆幸的是，多亏自己当年掉队，才有二十年后面对众位兄弟姐妹的坦然。

　　二十年相聚的话题很多，二十年重逢的感觉很重，同学的你，同桌的他，欢声犹在，歌声不绝，那一瞬间的感动足以回味一生……

二、梦中的湖，定情的树

摄影：杜彦明

　　北国的初秋，湛蓝的天空下，阳光暖洋洋地当头照着，树的颜色深深浅浅的，远远望去，层次分明地连成一片，黄黄绿绿的树叶密密匝匝地悬挂在枝头，故乡长春丰硕的秋天不但毫无秋风扫落叶的萧瑟，反倒让人心里充满了温馨。

　　秋日的午后，我和夫君相约去南湖的湖心岛上寻访那颗意义非常的垂柳，因为那棵树是我们定情时曾经依偎过的。

摄影：杜彦明

　　二十年前，被冠以「塞北春城」的长春还相对闭塞，市民的业余生活很单调，满城只有一个简陋的人工湖，由于坐落在靠近南部的城郊，故称为南湖。每到节假日，南湖里就人满为患，并不洁净的湖里泡满了号称游泳的人，实际上大家充其量只能算作戏水，「水鬼」们在湖里下饺子一样挤作一团，哪里能够畅游呢？岸上的游人更是摩肩擦踵你推我拥，好像全市的人都挤到南湖来了，一毛钱一张的门票要靠抢才能买到手。那时我们每次来到南湖似乎不是为了踏青游玩，而是前来和亲朋好友相会，因为每走几步就要和迎面而来的熟人招呼寒暄，情窦初开时的伙伴们自认为密而未宣的恋情都是在这里被撞破被曝光的。夜晚的南湖，静僻幽深，湖边那些垂柳和垂柳深处的白桦林又是一个神秘魔幻的所在，那里产生了很多奇诞诡异

的传说，既是恶毒后娘抛弃幼子的场所，又是流氓色狼猎艳的温床，无论白天的南湖多么喧嚣，入夜之后，全城的人都谈湖色变，敬而远之。而今的南湖小区作为长春最成功的开发区已经成为全市高雅华贵的所在，南湖之夜更是另一番景象。刚刚抵达长春的那天，和朋友一起在我们下榻的南湖宾馆用过晚餐后，夜色已深，我们夫妻二人散步来到南湖大桥上，昔日阴森冷寂的南湖夜晚如今灯火通明，桥头一个戴眼镜的儒雅青年在和颜悦色地兜售孔明灯，小伙子看上去像是勤工俭学的大学生，写得一手漂亮的毛笔字，见我驻足欣赏他刚刚放飞的热汽灯，随手把毛笔递给我说：「要不要写上你的愿望也放飞一个？」我毫不犹豫地接过毛笔，简洁地写下了：阖家美满安康！然后在小伙子的帮助下，在周围游客的惊叹声中，让这只载着我们最朴实心愿的孔明灯高高飘向天际。

二十年后我们再次踏进南湖，不禁感叹映入眼帘的这一片湖光秀色，湖边的垂柳依然婀娜多姿，垂柳深处那片白桦林更加挺拔秀丽，林荫小路上，有几对拍摄婚纱照的新人在情绪饱满地摆姿势作造型，蓝天白云衬托了他们的幸福，他们的幸福也把蓝天白云下的南湖妆点得更加美丽生动。

记忆中污浊的湖水如今碧波荡漾，宁静的湖面上漂浮着一只只漂亮可爱的鸭子船。二十年前斑斑驳驳的九曲桥如今也令人眼前一亮，洁白的九曲回廊被几个鲜红色的亭台曲折相连，看着桥下那连成一片片绿色的大荷叶和清清爽爽的荷花，我的心里充满着深深的感动与感激：多美的家乡呀！多好的家乡人！是他们二十年来一直坚持不懈地为改变家乡的面貌而努力

着劳作着，是他们的不辞劳苦圆了我这个游子的思乡梦，抚慰了我这颗漂泊流浪的心灵。

虽然眼前的南湖已经今非昔比，可我们的感觉一如二十年前，我手里举着夫君给我买的糖葫芦——那是我们热恋时最爱吃的美食，时隔二十年，家乡的糖葫芦的味道一点也没有改变，山楂果的颗粒还是那么饱满，挂在外面那层糖浆的味道还是那么醇厚，橙黄透明的糖浆遇冷凝结，包在一串鲜红的果实上，宛如一串琉璃玛

摄影：郭兰

瑙。那天，我就举着这串晶莹剔透的琉璃玛瑙游遍了美丽的南湖。照片上，我手里的「玛瑙珠」越来越少，不用问，那缺失的「珠子」一定是被我吞进了肚里，以其最深刻最直接的方式印在了我的记忆中。

穿过九曲桥来到湖心岛时，天色已经暗淡了，虽然从前的土坝已经被修成整洁的石堤，我还是一眼就认出了当年我们定情的那棵斜伸进湖面的垂柳。那时，我们在这棵树下卿卿我我，在这棵树下拌嘴吵架，又在这棵树下拉手和好，这颗垂柳见证了我们的相爱相知，如今我们已经携手走过了二十春秋，

二十年后，我们从遥远的欧洲回到它的身边，让见证过我们如火如荼青春岁月的它再一次见证我们今天的平淡与幸福。抚摸着树身，夫君感慨地问道：「老垂柳呀你怎么变得这么粗？」我说：「二十年了，连你我都变粗了腰身，更何况柳树！岁月不光增长了我们的年纪，也粗壮了树的年轮。」

再过二十年，我们来相会。二十年前说这句话的时候，以为那一天离我们还很遥远，现在看来，二十年真是弹指一挥间，故乡的南湖，故乡的垂柳，再过二十年，我就六十二岁了，但愿那时的我依然步履稳健，我会再来看你⋯⋯

摄影：郭兰

偶像七十岁

　　吃过早餐后，清静下来的我啜着红酒翻开当日的晨报，猛然看见在报纸正中醒目的位置上刊登一张老人的照片，尽管老人的脸上沟壑纵横尽显沧桑，可那深情的目光，那嘴角一抹不羁的微笑竟然那么熟悉。我心里一阵狂跳，他的名字脱口而出：佐罗！一看文章的标题：「冷酷天使七十岁」，果然是他，那个多年来不知入梦多少回的冷酷骑士，天使和佐罗的扮演者阿兰德龙！过了今天，他就七十岁了，他怎么也会老？谁都可以老去他却不可以！他是我心中永远的骑士。当年那个不谙世事的小女孩虽然从电影院里走了出来，走了很多年了也未走出他营造的梦境。影片结尾，在激扬奔放的主题曲「啦啦啦，佐罗——」的回声中，他身着披风，怀抱着心上人策马远去的背影已经深深刻在了她的心里，从那以后，一个清晰的梦境就在心里定了格：一个冷酷的天使，一个骁勇的骑士，不由分说把她掠到了马背上，然后一路奔，劫富济贫，浪迹天涯……

　　如今，七十岁的偶像头发已经花白了，镜中的自己也已不再是爱作梦的那个小女孩儿，但是又有谁知道，心中那份情怀，也许到了七十岁仍然存在。佐罗，天使，阿兰，你可以七十岁，可以八十岁……但你不可以老，你老了，有谁还能驾驭我梦中那匹红鬃烈马驰骋天涯？

不管你变成什麽样，只愿你快乐一生

上个世纪的1980年，一对金童玉女从银幕上走进了婚姻的童话。

他们在别人的故事里曾经演绎了数不清的生生死死的爱情，男的英俊挺拔，女的清纯如花。

后来，他们挥手告别了银幕上的生死恋，携手步入了现实的婚姻。

如今，二十五年过去，弹指一挥间，那对金童玉女今何在？他们感情的路上可有风霜雨雪？

看了这张照片，我的心被他们相濡以沫的情怀感动着，纵使岁月已经在他们身上脸上刻下了深深的印记。

可是，虽然岁月如利刃，可它面对一代人的成长成熟，面对一对夫妻的依偎扶持，面对一个家庭的责任，这把利刃竟然也显得那么钝锈无力。

美哉百惠，美哉友和！

谁都有年轻的时候，谁都有老去的一天。

单纯年轻不是资本，仅仅老迈也不必悲叹。

人生是否富足，关键看你是否真正用心生活过和爱过。

不管你们变成什么样，我都在心底祝福你们，你们的爱情也许不如你们银幕上演绎的那样轰轰烈烈，但你们健康快乐，彼此坦荡相爱。

　　在你们二十五年如一日的感情世界里，岁月算得了什么？衰老算得了什么？人生在世谁无老，创造童话能几人？

　　在迄今为止的二十五年里，你们做到了，多么希望你们能把这个童话一直维持下去呀！

　　人生不过一百年，哪怕一个九十七岁死，奈何桥上等三年……

人见白头悲，我见白头喜

从捷克开完笔会回到柏林后，我去探望一位身染恶疾的朋友。她原本就不胖，如今更是瘦得不敢认了。她说她很饿，我就起身去厨房为她下了面条，见她狼吞虎咽的样子，我又是一阵心酸，就随口问她还想吃点什么，她很高兴地回答说：「饺子。」

几天后，我端着专门为她包好的饺子送到她家，她丈夫告诉我，前一天的中午，她突发脑溢血已经离开了这个人世，离世前最后一顿清醒时吃的饭就是我给她下的面条，读的最后一篇文章是我那篇获奖作品……

德国教会为她组办了很温馨很祥和的葬礼，面目慈祥的牧师用诗一般的语言娓娓总结了她的暂短却优秀的人生，然后她的教友们为她哼唱轻松悠扬的催眠曲，期间不停地有朋友络绎不绝地前来在她那张微笑着的清秀的遗像前献上鲜花，最后，追思会在一片悠扬的钟声中结束了。所有这一切，都让前来吊唁她的人感到，正当英年的她，真的是在大家的祝福声中一步步升到天上那无忧无虑的美好世界去了。让我措手不及的是后来的遗体告别仪式，令我的心理无法承受那样的落差，她那尚且年轻的遗容让我心如刀绞，难以用语言来描绘，我也不忍用语言来描绘。猛然间，觉得生命真是很悲哀很无奈，谁都想好好活着过好每一天，可谁也不知死神究竟藏在哪个角落在觊觎你。

那以后，就是一连几夜的失眠，整宿整宿无助地捱过漫漫长夜，黑暗中，很多恐惧一齐向我袭来，恐惧病痛，恐惧死亡，恐惧疾病带来的众叛亲离，恐惧人生的一切意外变故……。

至今仍记得那夜的失眠尤其过分，各种对付失眠的老办法都试过了，头脑依然清醒，想像着以前躺下就进入梦乡，从不知失眠为何物的日子是何等的幸福。晚上十一点躺在床上，辗转复辗转，无法成眠，起来打开电脑，遇到老朋友，本想请教几个电脑技术问题，她说打字说不清，致电吧，我想，反正也睡不着，致电就致电吧。两个女人电话一通就漫无边际了，聊了电脑聊人心，然后就感慨世风日下人心不古，你我情节高尚之人岂能同流合污？不知不觉已经是午夜三更，双方早已哈欠连天，各道珍重。本以为放下电话就能安然入睡，可是可是依然辗转，在床上烙饼折腾烦了，就照书上说的安神偏方，起床热了杯牛奶一饮而尽。躺在床上，依然辗转复辗转。想起以往每每情之所至，夜光杯里自斟上满满的葡萄美酒，细品慢饮之后，就是飘飘欲仙的美妙感觉，那时，或放笔或酣眠，酽酽的红酒从没令我失望过。于是，立刻下床，新开一瓶法国波尔多干红，拣一只大号酒杯为自己满满地斟上，虽不是一饮而尽，几大口吞下也不乏豪爽。这个夜晚真是奇怪了，除了胃部略有烧灼的不适，竟然没有丝毫发飘的感觉。躺下为自己唱催眠曲，做放松操，仍然了无睡意。只好又打开电脑，此时已是次日的早晨，外面上早班的引擎已经发动，我却点击Google搜寻着治疗失眠的秘方，然后依照秘方摇头晃脑做催眠操，除了脖子酸头晕，仍然睡意全无，又按照偏

方搓脚心，直搓得我手指头脚底板都火辣辣的，却越搓越兴奋，面对失眠，我无奈了……

　　以前街头见到踯躅的老者，我会叹息：这么老了，可怎么生活呀？难以想像自己老时候的样子；如今，再看到老人们，我会为生命所感动，会对他们漫长的人生心生敬畏，我会欣喜地想：能活到这么老，多不容易呀！不知道我自己能不能像他们一样，平平安安地走过这么多平常的岁月？既然人生无常，还是顺其自然随遇而安吧，心安理得坦坦然然地面对每一个普普通通的日子，不图大富大贵，只求无愧我心。

一路美丽一路歌

　　曾经以为人生苦短，活着就要开心放纵，不要让自己的躯体和精神受任何的拘囿与委屈，什么修身养性，什么减肥塑身，统统都是为他人的感觉和目光所累，人应该是为自己而活，管他人P事！于是，似乎看开了一切，纵欲无度，纵情声色，只是这个「欲」囊括了人生的各种欲望，岂是一个性欲情欲所能满足？这个「情」更是包含了多少世事的随心所欲，岂是一个爱情亲情所能感动？

　　对于走完了人生的人，人间的一切都归于沉寂，成败荣辱和喜怒哀乐都是过眼云烟；对于仍然在人生路上踽踽前行的人，要走的路还不知有多漫长　，怎能在生之使命未完之时就得过且过？如此说，健身房还是要坚持去，哪怕是劳其体肤地大汗淋漓，为的是换来健美的身姿招摇过市；如此说，面对珍馐美酒，还是要勒紧裤带，哪管饥肠辘辘口内津液横流，为的是在他人艳慕的眼光中洋洋自得地品味自我。所以，只要活一天，就要保持健康的身心，既然生活还在继续，走在这条路上的我们，还是要一路美丽一路高歌地前行，不光为自己，还要为共同走在这条路上的同行者。

旧衣与故人

常言道：衣不如新，人不如旧。可是这句话却不大适合我，因为对我而言，衣服和朋友一样，都是老的好。

老朋友曾经与你亲密无间、无话不谈，他了解你的心情秉性，懂得欣赏你、包容你，纵使多年不见，再相逢，笑貌音容仍然毫不陌生，宛如昨日。同样道理，旧衣裳曾经与你耳鬓厮磨、肌肤相亲，它洞悉你的身材、知道你的冷暖，总是在你轻松随意的时候陪伴你，哪怕在很正式的场合，穿上它，你也许会失去争奇斗艳大出风头的机会，却能够赢得精神的放松和坦然，因为你不必处处小心哪里滑脱的肩带，哪里泄露了春光。

通常意义的旧衣服不一定是价值连城，但一定是质朴实用且柔软熨贴，冷了穿上不嫌累赘，热了脱下不觉惋惜，穿在身上不怕褶皱，脱下时不必费心收存，回到家里，你可以随意把它挂在你看得见摸得着的地方，出门时一伸手就能够到。喜欢穿旧衣服就像愿意和熟悉的朋友在一起，不必顾虑言多语失，不必担心形象受损，嬉笑怒骂皆成乐趣。

喜欢旧衣并不意味着要排斥新衣，就像思念旧友并不影响结交新朋一样。对时尚的追求是天下女人共同的心愿，当然我也不能免俗，闲暇约上好友亲朋逛街血拼也是一大消遣方式，往往将入得法眼的新衣置回家，站在穿衣镜前孤芳自赏几回，心血来潮时也会在朋友聚会时套在身上博得一番喝彩，可举手

投足间的那份拘谨和憋扭岂是几声赞美就能抵消？况且穿上时髦靓衣必得足登高跟美鞋才匹配，又有谁知，那份身材的娉婷袅娜需用纤纤玉足趾尖所承载全身的重量所换得？所以，每每聚会结束，回到家里第一件事就是迫不及待地甩脱高跟鞋，卸下新衣裳，想都不用想就会抓起平时穿惯的旧衣套上身，或躺或卧，或倚或坐都是一个舒适惬意。就像面对一个多年老友，言深语浅他都不会介意。

我的衣柜里也许没有旧衣的一席之地，那里琳琅满目地存放着的都是些一水都没沾过的时髦新衣，但这并不影响我对旧衣的偏爱与执着。新衣衬托你的气质与风度，旧衣安抚你连日劳顿的身躯，不管有多少场合需要你身披彩衣华服去应付，但身着旧衣出现的时候，一定是和最亲近的人在一起最放松自我的时候。

既然生活是丰富多彩的，支撑生活的你我他也该是千差万别、心性万千的，你的精彩纷呈、风情万种是生活，我的天高云淡、率性轻松又何尝不是生活的另一番风景呢？

理想妈妈礼赞

一位朋友在网上发帖询问：什么样的妈妈才是理想的妈妈？就她的问题，我是这样回答的：

我认为，理想的妈妈应该是：

为孕育孩子而不惜牺牲美丽的那个女人，

为生育孩子不惜忍受炼狱之苦的那个女人，

为养育孩子甘愿吃苦受累甚至牺牲自己的爱好乐趣的那个女人，

孩子成功时为他骄傲欣慰，他失败时伸手相扶的那个女人，

孩子幸福时被他遗忘，不幸时又被想起的那个女人，

……

理想的妈妈不管培育了多么优秀的儿女，

却是为社会输送了栋梁，为他人养育了配偶，

到头来，只有和自己的老夫相依相伴的那个女人……

老父海关发雄威

　　退伍军官出身的老父第一次出国，一路上经过九个小时的飞机行程，仍神采奕奕。在转机海关安检的时候，他稳健的军人步态吸引了海关警察的注意，警察把七十多岁的父亲叫到一旁，让他抬起双手检测，父亲极不情愿地两手平伸接受检测，而后，警察又让父亲把手举过头顶再查，父亲转头不解地看着我问：「他是不是要我做投降的姿势？」得到我肯定的答复后，父亲三下两下把自己的外衣脱掉摔在警察的脚下，嘴里气哼哼地说：「手我是不会举的，这回让你好好看清楚了！」可是那位英俊的年轻警察还是不依不饶，让父亲摘掉礼帽再查，这下彻底惹火了倔老头，只见父亲摘下帽子以迅雷不及掩耳的动作扣到了警察头上，他这一举动把我们都惊呆了，继母急忙上前拉住气哼哼的父亲，为了不引起冲突，我只好向警察解释：「我父亲以为你喜欢他的帽子，他说送给你作纪念。」才把事态平息下来。

　　接父母出国，本来是想让他们接触一下不同的社会环境，可有时往往适得其反。个中缘由，不是我们一句两句话就能解释清楚的。

那一天，我三十九岁

2005年的2月23日，实在是个值得书写一笔的日子。

虽然年年有今日，可那年的生日对我来说，意义却是难以言说的，因为，那是我三十岁年龄段的最后一个生日，过了这一天，我的人生就该进入青春的尾声了，哪怕我是那么的不甘心，从今后，我都不得不为自己的青春岁月进行倒计时，每个黎明的日出和黄昏的日落，都会在我心里回响一声祭奠般的叹息。叹息了又叹息，三百六十五个叹息后，又将迎来下一个生日，那是步入中年的门槛，从此，哪怕我拥有三十岁的容颜二十岁的心态，岁月的年轮都会无情地写着我人到中年的事实。

还有很多的情怀没有抒发，还有许多的梦想没有实现，真的人到中年了吗？梦里常清晰地梦见考大学的情景，总以为自己还有机会重新选择一次专业；少女时代那个骑白马的王子也经常在午夜光顾我的梦境，就以为今生似乎还有机会遇见他，听他唱着动听的情歌，然后被他的白马驮向海角天涯……还有还有那么多的美丽愿望，都来不及实现了吗？步入中年的我，黑发会一天天变白吗？皮肤会一天天松懈吗？腰身会一天天粗壮吗？思维会一天天愚钝吗？可是可是，为什么时至今日，我仍然喜欢吟诵爱情诗篇，仍然信口胡诌浪漫情话，仍然沉迷海阔天空的遐想，究竟是什么阻碍了我的心智成长，是时间还是我自己？

　　上午送走了孩子们，我读了一篇叶广岑的小说〈广岛故事〉，那淡淡的笔触下浓浓的情感让我唏嘘不已，她对生活的理解如此深刻独到，她对故事的描述功底更是力透纸背，一时间，我被感动得泪流满面。抹着泪水，我为自己庆幸，还好还好，还能为别人的故事哭天抹泪，这说明老还未至。

　　放下小说，就被相依相伴了十八年的丈夫拥进怀里百般温存千般抚爱，直至爱的火焰一寸寸燃遍整个身心……虽然新婚的激情早已不在，可那水乳交融的理解与默契是十八年岁月的丰厚馈赠。

　　寒风拂面，已不再年轻的我们迎着晚冬的漫天飞雪，相拥着步入一家意大利餐厅，头上是温馨的灯光，桌边燃着浪漫的烛火，我们各自守着面前一盘风味不同的挪威烤虾，又向第一块，争相送往对方的嘴里，望着坐在对面的他，我的手指轻轻落在他眼角的纹路上，泪水又不争气地涌上眼眶，这就是我的亲人我的丈夫，虽然自己缺乏浪漫神经，十八年来却不离不弃地守护着我的童心和浪漫，在他强健羽翼的护佑下，我远离为生存奔波的忧愁和烦恼，更不知世俗的竞争倾轧为何物，虽然镜子里的容颜在提醒我岁月的流逝，可我的内心，一如刚和他的初相遇，那一年夏天，我一袭白裙他一身白衣，他挺拔我玉立，二十三岁的少年握着二十一岁少女稚嫩如葱的双手，久久不愿放开，那一刻，我们有谁想到，这一握就会携手走过了十八年的今天？

　　十八年的数字很小，十八年的岁月绵长。十八年就是三百六十五个昼夜衔接了十八回，十八年也是十二个月圆月缺

了十八次，十八年更是春夏秋冬交替了十八轮……人生还有几个十八年呀，在我们的人生岁月里，即使还有第二次第三次的十八个春秋，那记载着我们青春梦想和创业勇气的十八年还会重现吗？

　　淌过十八年的岁月长河，当年漫步在中国北方绿草湖畔的那一对白衣白裙的少年少女，已在遥远的欧洲大陆为人父母安家立命。今天，我三十九岁，坐在对面那个一直笑盈盈看着我的他，早在几个月前，就跨过四十周岁的门槛了，纵使时光还会继续流逝，然而，此一时此一刻，会在我的心里定格，直到永远……。

家有爱猫

　　小女莉莉过七岁生日的前夕，按照习惯父母是应该满足她一个生日愿望的。今年她提出的生日愿望有些棘手，要么是一个掌上游戏机，要么是一只真的小猫。掌上游戏就算了，我中文学校里的孩子玩它上瘾已经被我明令禁止带到学校里来，不让人家的孩子玩，难道能迁就自己的孩子不成？可是养小猫对我来说一样有难度，我是个简单率性之人，对小动物虽有关爱之心却缺少那份精力。毕竟是一个小生灵，带回家里就是家里的一员了，就要费心地照顾它的吃喝拉撒，饿了给饭吃，渴了给水喝，热了给降温，冷了添棉被，感冒拉稀还得带它看医生，妈妈咪呀，有那份闲心我还不如再生一个儿子来养呢！本来是想和妹妹商量怎么哄骗小女再换一个要求，没想到妹妹竟然来了兴致，大包大揽地说：「孩子要就给好了，你没时间我来帮你养，你就负责选猫就是了，别的什么都不用管。」外甥女丁丁一听小表妹要养猫，而且还把养猫基地设在她家里，就不干了，非要再养一只自己的猫咪不可，我就只好替她们姐俩寻两只回来。

　　事有凑巧，那日上网，无意中看到一个求救帖子，是两个小留学生养的波斯猫和别人家的英国短毛猫生了两只双胞胎兄弟，才三个月大，黄里透白的毛茸茸两团，可爱极了，三只贵族猫的开销外加邻居的投诉，让这两个孩子无所适从，遂网上

求救，替他们的猫咪寻个妥善的去处，最好不要分开。我一看照片就喜欢上了这两个小东西，立即打电话拍板了，只是他们住在法兰克福，距柏林还有遥远的距离呢，特快列车一站不停也要疾驰四个半小时，那车费算起来竟然比贵族猫还贵，瞧这个生日过的！

算来算去，还是周末家庭票比较划算，妹妹一家三口特意在周末起个大早，几经周转赶到法兰，猫的两个小主人已经等在站台了，简单交代了一番，他们又乘坐同班火车回转到柏林，折腾到家里已经半夜了。在小女的一再恳求下，第二天一早，妹妹又不顾旅途劳顿，把哥哥猫装在特制的宠物旅行包里送了过来，看到它怯生生的样子，让人心里不由得弥漫了怜爱的感觉。放下旅行包，我们俩马不停蹄地前往商场给它们购置生活必需品。

我和妹妹正充满好奇地在宠物专区浏览着琳琅满目的猫族用品，忽然接到已放学回家的大女儿的电话，只听她带着哭腔告诉我：「我们的小猫不见了！包里没有，楼上楼下我都找遍了，也没有……」我忙赶回家，只见两个小姐妹正灰头土脸地满地打滚地找小猫呢，我安慰她们说：「它还小，走不远的，肯定是认生，躲在什么地方，等饿了自己就会跑出来了。」说着，我拿来手电，随便往沙发底下一扫，就见一个毛团团缩在角落里，大女儿钻进去，顶了满头的灰尘把小猫抱了出来，只见这小东西在她怀里惊吓得瑟瑟发抖，小女儿轻轻抚摸它的头，它玻璃球一样的大眼睛定定地看着我们，眨了几眨，一行清澈的泪水竟然夺眶而出。一见这阵势，两个孩子急得不知所

措，大的驚叫：「天呀，它在哭，媽媽你看它多麼傷心呀！」
小的也喃喃自語：「你是想你的小弟弟嗎？不要難過，讓我媽
媽把他也接過來陪你玩好嗎？」我覺得兩個孩子的分析很有道
理，就打電話詢問弟弟貓的情況，妹夫告訴我，自從送走了哥
哥，弟弟就在家裡一刻也不停地喵喵叫著尋找，已經不吃不睡
地尋找一整天了，把小主人丁丁心疼得直哭。我提議說，索性
把它們兄弟倆都暫時放在我這裡養吧，等它們略微適應了我再
把弟弟送回去。妹妹說，那你得等丁丁睡著了再來取。放下電
話，我就連夜開車去接弟弟貓。出門時，見兩個女兒已經穿戴
齊整非要跟著一起去接貓咪。開到半路上，小女就在後車座睡
著了，她一定是找貓累的。上樓取貓的姐姐回來告訴我，弟弟
凱真是太可愛了，它認出了早上裝哥哥走的旅行包，見女兒拎
著它進屋後，他自己主動跳了進來要隨姐姐回家，我猜想，它
也許在姐姐身上和旅行包裡嗅出了它哥哥的味道。

　　回到家裡，哥哥又不見了。凱倒是不認生，進來就從樓上
嗅到樓下。我們雖然找不到它哥哥，可是凱喵喵叫的時候，總
能隱隱約約地聽見一聲怯怯的回應，兩個孩子這下放心了，互
道晚安之後，回到各自的房間休息。睡到半夜時，小女兒拖著
她的枕頭被子跑下床告訴我：「我要上樓和姐姐睡，凱在我被
窩裡，我害怕。」說心裡話，深更半夜的，它要鑽到我的被窩
裡，我也會害怕的，看來真正接納這兩個家庭新成員，我們還
未做好充分的心理準備。

　　我關好門，不讓凱進來擾我好夢。就在我剛剛進入夢鄉
之時，就被樓道裡一陣撲通撲通的聲音驚醒了，氣得我翻身下

床，打开门，见凯正在门外撒欢打滚呢，我把它关进对面小女儿的卧室，一回头，见他哥哥司徒皮尔西正大模大样地端坐在楼梯上怒视着我，我又惊又喜：「司徒皮尔西你终于出来了，见弟弟来了高兴吧？要不你也进来陪弟弟吧！」它不理不睬，扭头又要走开，我生怕他藏起来又找不见，只好妥协地又把凯放出来，任他们兴奋地折腾吧。这一夜，我是别想睡踏实了。

原本贪睡的小姐俩因惦记着猫咪，也一大早就醒了，纷纷跑来向我报告，这回是两只猫咪都失踪了。我早没了耐心，匆忙打发她们上学，回来又拎着个手电四处照，终于在楼下的贮藏室里发现了它们，它们怎么专往平日不卫生的死角里躲呀？为了这两个小东西，我只好无奈地又用吸尘器楼上楼下旮旯犄角清理个遍，打扫干净了它们爱钻哪就钻哪吧。

晚上我出去给女儿买香肠回来，一进屋就见到了让我震惊的一幕：只见凯坐在餐桌上，小女儿莉莉正用小勺和凯不分彼此你一口我一口地吃着巧克力酱。女儿见到我还得意地说：「我爱吃的东西凯也爱吃，我喜欢凯，我要和丁丁换猫咪。」正说着，我已经把热好的香肠端给莉莉，莉莉拿起一根刚要送到嘴里，就被凯以迅雷不及掩耳的速度一爪子打到地上，然后又飞快地奔向香肠，嗅了嗅不对胃口，又跳回来抢莉莉手里的黄瓜，吓得莉莉哇哇大叫着端着她的餐盘跑上楼，把自己反锁在房间才把晚饭吃到嘴里。打开门，莉莉抹着嘴巴宣布：「凯已经不是我的好朋友了！」我说，没问题，明天我就把凯给丁丁送回去。莉莉斩钉截铁地回答：「不，就现在！」

就寝后，感到一只
猫咪蹑手蹑脚地走到我
身边，我以为这一定
是那只胆大妄为的凯，
睁开眼刚要轰它走，却
见司徒皮尔西惊恐地跳
开，我忙又假装把眼睛
合上，眯着一条眼逢偷
偷观察它，只见司徒皮

尔西一步一嗅地来到我身边，闻过我的脸又闻闻我的手，然后
蜷缩在我身边眼睛半睁半闭起来。我想，它东躲西藏了两天，
也难为它了，就让它在我身边安眠吧。我和爱猫司徒皮尔西就
这样互相依偎着度过了一个平静的夜晚。

另：司徒皮尔西这个名字是姐姐露露给取的，好像是德语小心翼
　　翼的意思吧，反正我叫着特拗口，哪像丁丁给爱猫取得名字
　　凯那么简单顺口呀，不行，这个名字得改。
　　外甥女丁丁已经给哥哥猫另起了名字，叫巴鲁。巴鲁在迪斯
　　尼里面是一只憨熊的名字，倒是挺贴切的。

辑四

家有小女初长成

——图解育妞

　　大女儿露露从懂事的时候起，就一再要求我们给她添个弟弟或妹妹，见我们对这个问题总是不置可否，有一次，她竟然把她未来的孩子都搬了出来。当时，年仅七岁的露露理直气壮地说：「你总得让我的孩子也有个小姨或舅舅吧？」正是她这句话深深地触动了我，让我体会了女儿对手足亲情的渴求。在露露十岁那一年，她终于如愿以偿地得到了一个妹妹，连乳名都是露露给取得，沿用了她心爱的布娃娃的名字——莉莉。

　　这个瓷娃娃样的小女儿一降生，就得到了全家人的万般宠爱与关注。在莉莉三岁的时候，一个偶然的机会，促使我把养育她成长的点滴趣事记录下来，配上相应的照片，陆陆续续地刊登到德国最大的中文网站上，每次更新都引来一片回帖赞叹，这篇类似日记样的东西一度被年轻的妈妈们誉为「德国育儿指南」。由于是网上匿名发表，我这名资深妈妈被她们称为「妞子妈妈」，小女莉莉自然就被爱称为「妞子」，我的文章也成了「育妞日记」。我打算把这篇「育妞日记」坚持写下去，直到妞子长大能看懂那一天。

喜幸孩「遇险」记

　　时光荏苒，一转眼我这小小的妞子都三岁多了，孕她生她养她的点点滴滴都历历在目，那些难忘的经历，真的彷佛就在昨天。

　　妞子生下来只哭一声，然后就伏在我的怀里吸吮自己的拇指，不会睁眼睛时就会笑，见谁都笑。一个北京的老朋友称妞

子为「喜幸孩儿」。某天，该老兄在高速公路上超速与警察闹得不愉快，下高速就跑到我这里看妞子笑，说一见喜幸孩儿，被警察惹得气就消了。

她还在襁褓里的时候，我挎着躺在婴儿篮子里的妞子逛百货大楼，一位龙钟老太一直跟着我们，从一楼跟到四楼，连我到卫生间给妞子换尿片她都跟进去，最后对我说：「我从未生过孩子，只养猫儿，看到这个瓷娃娃，我才意识到自己年轻时有多愚蠢，你的瓷娃娃会看着我笑，而我的猫儿却不能……」听了她的话，我立刻紧张起来，慌慌张张地逃离了百货公司，我真怕这个孤独的德国老人一时冲动，趁我不备时将我的瓷娃娃偷回去当宠物养，现在一想起那老人看妞子时欲罢不能的眼神，我还心有余悸呢。

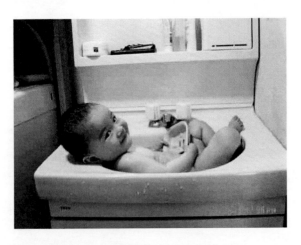

几个月大的莉莉洗脸盆里都放得下

妞子迟缓的语言和惊人的记忆力

受双语言环境的影响，妞子的语言能力发育相对迟缓，平日里别看嘴里念念有词地说得眉飞色舞，可她那中德文参半又毫无规律可循的语言常常是让中国人听不懂、德国人不明白，女儿的话只有妞子妈妈能理解，关键时刻，少不了妞子妈妈为妞子充当翻译。为此，妞子爸爸常诬赖我杜撰妞子发言，其实，这不过是他嫉妒我们母女连心而已。别看我家妞子贵人语话迟，可几件事情证明，妞子竟然有着惊人的记忆力，她总能用最简洁最直接的表达方式把她所记得的事物表达出来。起初连我都难以置信，难道她小小的脑袋瓜里竟能记住如此纷繁的人和事吗？

就从妞子妈妈一头闯进这个网站发帖说起吧。

因为这个网站页面清爽一目了然，所以，很久以来这里一直是我喜欢光顾的网站，直到我偶然发现，每当妞子看到网友的个性图片尤其是动画签名时，就高兴得眉开眼笑，从那以后，我就经常登入这里，为妞子搜索动画图片哄她开心。

几天前，当我和妞子又一次登陆搜索图片时，妞子突然兴奋地指着一张小男孩的照片大喊「妈妈，快看，小哥哥！」我很不以为然，以为不过是她对所有小男孩习惯性的统称，于是继续搜索，可妞妞却不依不饶地叫着：「还要看小哥哥！小哥哥洗澡了，妞妞也洗！」这通没头没脑的话令我心下疑惑，只好退回去仔细看「小哥哥」的照片，这一看不要紧，简直令我吃惊不小，再看发帖者娃娃妈的文字，不错，是他们母子！

原来这帖的楼主娃娃妈竟然是我的旧相识。

两年前，我曾带妞子千里迢迢去她家小住几日。白天，两个小儿女常常玩成两个小泥猴，晚上我们就把他们撒进浴缸里，说是洗澡，其实就是放任两个孩子扑腾水玩儿。后来，我和娃娃妈分别忙着大兴土木地搬家换工作等一系列劳神事，就疏于联络了。没想到，一别两年后，网上巧相遇，虽然娃娃已然大模大样地长成了小小男子汉，我若不细看还真认不出，却没逃过我家妞子的晶亮小眼，要知道，那年她才两岁不到呀！

类似的事在妞子身上还屡次发生过。

在一个暖风习习的傍晚，我带着妞子骑车兜风，穿过一个大公园又七拐八绕地兜过几条小街，然后打道回府。就在我掉头往回骑的时候，一直安静地坐在后座里的妞子突然大哭大闹道：「妞妞不要回家，妞妞要去找迪娜玩！呜呜呜……」闻听此言，我不由得又吃一惊，方意识到再过一条小街就是她的小朋友迪娜的家，一年前我曾带妞子来参加过迪娜的生日派对，没想到小小的妞子连话都说不明白，却能这么准确地认出她一年前曾来过的地方。

妞子和鸟儿

那还是在妞子蹒跚学步的时候，一次牵着她温温软软的小手在附近的林间漫步，这时，妞子听见树上有鸟儿在叽啾鸣叫，就好奇地停下脚步，扬着小脑瓜东张西望地寻找。为了让她看得清楚些，我蹲下来，和小小的妞子脸对脸地指给她看，

也不管她是否听得懂，就像话痨一样唠唠叨叨：「姐姐你听呀，那是鸟儿在唱歌，鸟儿唱得真好听是吧？姐姐你看呀，树梢上那跳来跳去的就是鸟儿，鸟儿的家就在树上，鸟儿好漂亮是吧？我们和它们说哈罗好不好呀？」妞子睁着亮晶晶的圆眼睛，循着我的手指惊奇地看着鸟儿，又看看我，然后她也学着我的样子蹲下来，吃力地仰着小脖看。我无可奈何地告诉她：「姐姐你不要蹲着拉，很不舒服的，妈妈用这个姿势是为了迁就你，谁让你还这么小，你站起来才能看得更清楚。」可妞子就像没听见一样，依然蹲着看树上的鸟儿，我猜想她肯定是没听懂我说的话。

直到今天，妞子一看到鸟儿就蹲下，然后小手一指告诉我：「妈妈，快看，鸟鸟，会唱歌的鸟鸟，好漂亮的鸟鸟，是吗？」我实在不知该怎样跟她解释：看鸟儿时，是不必蹲下的。

「犯了」的中式早餐！

妞子去幼稚园都一年了，还是不说话，老师比我还着急，为此经常找我商谈解决妞子在那里不说话的问题。我倒是不以为然，双语环境的孩子嘛，得允许她有个适应的过程，因为我知道她虽然不说，但老师说的她都懂得，这就说明她还在学习中。一天我接妞子时，她的老师兴奋地告诉我，妞子终于大声地说了两个字：「犯了」，而且还说了很多次。老师问我，中文里这是什么意思呀？我绞尽脑汁也没明白妞子是要说什么，问她自己，她也一副不知所以的样子。就想，也许是妞子嫌吵，

说「烦了」，或者哪个小朋友打翻了东西，她要向老师告状说「翻了」，而德国老师学舌时又发不准中文的四声，如此而已。

　　妞子的幼稚园有个不成文的规定，一个星期里，要有一天是家长们轮流为班里的孩子准备早餐。在轮到我的时候，老师提议，要感受一下中国式的早餐，我说中式的又蒸又煮的，幼稚园里的厨具也不应手，汤汤水水的带起来又不方便，索性我就请老师和孩子们到家里来吃顿早点吧，顺便也让妞子当一回小主人，在自己家里，她理直气壮了，也许从此就能开口和你们说话了。几位老师听了，拍手回应，连说，在中国家庭里享用正宗的中式早餐，真是再好不过的主意！

　　这件事说起来轻松，真正运作起来还真是个不小的动作。头天我就上街采购，连夜烧烧煮煮，蒸小豆沙包，包小汤团……，为了防备二十来口大小德国佬实在享用不了中餐，我还得另备一些德国面包香肠奶酪鸡蛋酸奶之类，以备不时之需。第二天一大早，天还没亮我就得早早起床，该温的温，该热的热，该摆的摆又是一通神忙。直等到老师领着一队小人马浩浩荡荡地驻扎进来。这时的妞子俨然是一班之主的小样子，主动帮着老师给小朋友们分酸奶，人家要红色的她偏给黄的，要黄的偏给绿的，边给还边用中文嚷嚷：「不你的，我的！不你家，我家！」好在孩子们一个个都是训练有素，老师们也各负其责，加之我这个当妈的充分准备，整个早餐倒也进行得井然有序。

　　孩子们水足饭饱地更衣告辞时，那位老师又提醒我说：「妞子妈，你快听，就是这两个字，妞子又在喊了。」我忙跑过去看究竟，只见妞子指着一个男孩不停地大声说「反了！反

了！」又回身指着另一个女孩的脚喊到：「反了，反了！」一见这情形我才恍然大悟，原来妞子是提醒小朋友们把自己的鞋给穿反了。说起来，妞子在班里还是小字辈的，可她竟然一次都没把自己的鞋子穿错过。

不是警察车，是的士！

妞子一直分不清警车、的士、救护车等等一系列带特殊标记的汽车，就统统称之为「警察车」。每当她张冠李戴叫错的时候，我就及时地纠正她：「这不是警察车，是XX车」。一次，德国邻居的老夫妇要去度假，叫了计程车来家里，妞子指着停在门前的的士说：「奶奶家的警察车。」我说：「警察车是绿色的，黄色的是的士。这不是警察车，是计程车。」「这不是警察车，是计程车。」妞子听话地重复了一遍。从那以后，妞子每次看到计程车就告诉我：「这不是警察车，是计程车。」看到救护车就说：「这不是警察车，是救护车。」我正为自己的育儿经验沾沾自喜时，一次妞子看到真正的警车了，她竟然也说：「这不是警察车，是警察车。」原来，她竟然把前面那个否定句当作所有汽车的定冠词了。

「不你的，我的！」

妞子说中文从来不加系动词「是」，最典型的就是和别人争东西时干脆俐落的一句：「不你的，我的！」

小书虫

妞子是个小书虫，不管什么书，只要有图就能看半天，有时我想趁机对她进行启蒙教育，给她讲讲书中的内容，她不但不爱听，还用小手边推我，边对我说：「妈妈，nicht zu laut！（不要吵！）」她宁愿一个人静静地琢磨书中的内容。如今稍大些，喜欢对着书里的图画自言自语地给自己编故事，我时常不动声色地侧耳倾听，常常听到妞子所讲的类似的故事：「小熊不吃饭，妈妈sauer（生气）啦，小羊摔的拉，妈妈哄哄呀，巴拉巴拉巴啦啦……」我不禁哑然失笑，竟然都是平常发生在妞子自己身上的事情。

妞子不爱吃饭就惦记着糖，她爸爸宠她，给买她最爱吃的巧克力，买回来我就得藏起来，严格控制。妞子就经常趁我不

备寻找目标偷糖吃。注意她的嘴巴上面的一圈黑，就是偷嘴留下的痕迹。

得手了

飞离阿啦啦——妞子的最爱

德国有名的儿童音乐剧《小鸟的婚礼》曲调轻松优美，情节感人，尤其是主题歌更是我家妞子的最爱，可谓百听不厌。歌中唱道：「一只小鸟哥哥要举行婚礼，飞离阿啦啦飞离阿啦啦，你知道它会怎么做吗？飞离阿啦啦飞离阿啦啦，它会飞到树上唱那美丽的歌谣，飞离阿啦啦飞离阿啦啦，小鸟妹妹听到歌谣就会飞到它的身边，飞离阿啦啦飞离阿啦啦，因为这个世界上的生灵，飞离阿啦啦飞离阿啦啦，无论是大还是小，飞离阿啦啦飞离阿啦啦，都不愿孤独一生，飞离阿啦啦飞离阿啦啦飞离阿啦啦阿啦啦……」妞子两岁时，我给她买了一卷小鸟婚

礼的录音带在汽车里放，她一听见这个旋律就非常安静。不
久，妞子就能把整首主题歌的旋律哼唱下来，只是歌词含混不
清，那句过渡伴唱「飞离阿啦啦」倒是毫不含糊，以致后来养
成了习惯，一钻进汽车，就自己张罗着要听「飞离阿啦啦」。
那年圣诞，我们开车从北部到南方去度假，应妞子的强烈要
求，六个小时的行程，这首「飞离阿啦啦」的旋律就一直在车
里回荡。趁妞子睡着的当口，他爸爸松了一口气，刚换成一张
舒伯特的小夜曲，哪成想，一曲还未听完，妞子就在后座闭着
眼睛大声抗议：「Nein～～妞妞要～～飞离阿啦啦～～！」

注：这部音乐剧名叫「Vogelhochzeit」，由童话音乐剧作家
Rolfs・Zuckowski 创作并演唱。

主题歌是：「Ein Vogel wollte Hochzeit machen」
主要歌词如下：

Ein Vogel wollte Hochzeit machen，
kennt Ihr die Geschichte?
Fidirallalla……
Dan singt doch mit und hoert euch an，wovon ich nun
bericht!
Fidirallalla......
Ob grosse，ob klein，auf dieser Welt
ist niemand gern alleine，

Fidirallalla······

Was macht ein Vogel ，der allein ist，

wisst ihr， was ich meine?

Fidirallalla······

Er sucht sich einen Platz im Baum

und singt die schoensten Lieder

Fidirallalla······

Und wenn er Glueck hat， setzt sich bald

ein Weibchen zu ihm nieder，

Fidirallalla······Fidirallalla······Fidirallalla······

　　妞子学电视里的长笛演奏者，把自己的画笔接起来当做演出道具，「演奏」时还咪着眼睛，不停地摇晃着小身体。

天爷爷打嗝了！

姐子再过三个月就满四周岁了。和所有这个年龄段的孩子一样，对身边的一切都充满了好奇，一个又一个「为什么」更是令人应对不暇，简直就是一个小小的「十万个为什么」，和她在一起，我真恨不能把自己变成一本百科全书。

昨天夜里细雨紧密，伴随着电闪雷鸣。一阵雷声轰隆隆地滚过，姐子倚在我的怀里，问题又来了：「妈妈，这是什么？」

「姐姐不怕，那是打雷，一会就过去了。」我安慰她道。她似乎是没听清，反问道：「是打嗝吗？」纠正姐子的汉语发音我一直是不厌其烦：「是打雷不是打嗝！。」接着姐子又问：「那是谁弄的呀？」我只好硬着头皮告诉她：「你说打雷吗？那是老天爷弄的呗。」 这时恰好又一阵雷声滚过，只听姐子煞有介事地说：「这是天爷爷在打嗝呢。」

姐子藏猫猫

姐子近来迷上了藏猫猫的游戏，每天下午从幼稚园一回家就缠着我和她玩藏猫猫，每次都让我先藏，她找，找不到就大喊：「妈妈，你说『皮扑』呀！」我只好憋着嗓子「皮扑」，只要她找不到，我就得不停地「皮扑皮扑」，直到她找到我为止。轮到她藏的时候，我明知道她肯定是藏在我刚刚藏过的宝地，可是我还得故作不知，装模作样地东寻西找，听着她得意地「皮扑皮扑」地提醒我数次之后，才好像恍然大悟的样子把

她找出来，她就兴奋地拍着小手直蹦，以为是她耍了妈妈，她哪里知道，妈妈是成心装傻，故意让她耍着玩的。

慷慨的妞子

　　我去南德出差时，在一家名牌玩具专卖店给妞子选了一只精美袖珍的小松鼠，妞子一直喜欢松鼠。别看这只玩具松鼠小巧，却造型栩栩如生，妞子得到这只松鼠后简直是爱不释手，睡觉时也要攥在手心里，早晨去幼稚园更要坚持放在衣袋里。接连两天那只松鼠都被她完整地带回家来，有一次她还吓唬我说松鼠丢了，不等我翻她的衣兜寻找，她就迫不及待地从自己的小鞋里掏出来逗我：「搭搭搭～在这里！」以后她再张罗带松鼠到幼稚园去，我也就由着她了。上个周末，我去幼稚园接她时，她一见我就委屈地哭起来，原来她和小朋友玛格丽娜一起玩时，她一高兴就把松鼠送给了玛格丽娜，等人家真的把松鼠带回家，妞子又开始后悔了。我忙从老师那里要到玛格丽娜家的电话，却连打几次都是录音，我只好留言说，我家小女把她心爱的玩具送给你家女儿了，现在后悔得直哭，希望你们能说服玛格丽娜下回到幼稚园去能把松鼠还给妞子。第二天，玛格丽娜的父亲就回电话抱歉地说，小松鼠已被她女儿玩烂了，问在哪里能给妞子买到一只新的。当他听我说起那只松鼠的不平凡的来历后，他表示说要上南德那家名牌玩具店网站查询，可能的话给妞子邮购一只回来。我想了想，玩具虽然珍贵，但

为了妞子和玛格丽娜在幼稚园里的交情，还是算了吧，只是以后有了经验，对小小妞子的要求不能一味地信任迁就。

爸爸开BUS上班

妞子妈出差回国一个月，妞子和爸爸亲密接触。归来后感到妞子的中文长进很大，尤其是做对了某件事，还没等我这个当妈的夸奖，她自己就抢着说：「妞子真聪明呀！」一听就是她爸爸的口头禅。除了中文的长进，还有一个明显的变化就是，妞子比以前任性不听话了，尤其是早晨送幼稚园很难，任凭我费尽口舌，到后来，她竟说：「妈妈走开，妞子要爸爸！」这时，当爹的就说，不去就不去吧，和爸爸在一起好了。我意识到，造成这种局面的原因，就是那位当爹的一个月来尽情娇惯的结果。第二天一大早，我就早早把妞子喊起来，她醒来第一句话就问：「爸爸呢？」我哄骗她：「爸爸上班了，今天妈妈送你去幼稚园。」其实她老爸正在书房电脑上呢，她一听没指望了，只好乖乖地随我出门，我正为自己对付妞子的高明手段洋洋自得呢，妞子却用小手指着她爸爸停在门前的汽车问我：「爸爸的Auto（汽车）怎么还在呢？他今天开什么上班的？」我没想到三岁的孩子会提出这样的问题，一时难以回答，只好支支吾吾地应付她：「这个……这个……爸爸今天开BUS上班……」

圣诞老爷爷穿帮了

　　不必感慨，时间真如白驹过隙，还是不要回首的好，让时光慢点，再慢点溜走……

　　为了给妞子制造一个圣诞老公公的童话，在圣诞之夜特请来妞子的大小朋友一大群以及他们的家长们，然后委托一位朋友化装成圣诞老人，在我的一手导演和策划之下，趁孩子们喧闹雀跃、大人们酒酣耳热之际，背着大包小裹的礼物「从天

而降」。兴奋的孩子们一拥而上，团团围住圣诞老人，眼巴巴地盯着他盛满礼品的大袋子，只有年龄最小的妞子，狐疑地望着圣诞老人，怯怯地喊道：「大张叔叔！」眼见我精心为她编织的童话即将穿帮，急得我一把捂住她的小嘴巴，在她耳边小声关照她：「这不是大张叔叔，是圣诞老爷爷，你再胡说，老爷爷一生气就没你的礼物了。」妞子听话地不再喊圣诞老人「叔叔」了，却左顾右盼地寻找起我们那位叫大张的朋友来。好在其他孩子的兴奋点都集中在手中的礼物上了，谁也没听到妞子的提醒。这时，妞子终于等到了她自己的礼物，只听圣诞老人憋粗着嗓门问妞妞：「你以后能听妈妈的话，好好吃饭少吃糖果吗？那么这份礼物就是你的了！」妞妞接过礼物后，我

松了一口气,却听姐姐小声对我说:「妈妈,我看见老爷爷的手表了。」我问:「老爷爷的手表怎么了?」姐子坚定地回答:「和大张叔叔的一模一样!」

第二天,我带姐姐到外面滑雪扒犁时,迎面又遇见一个骑摩托车的圣诞老人送外卖,姐子指着他对我说:「这个圣诞爷爷好丑,还是大张叔叔的圣诞爷爷漂亮!」

做父母的总希望孩子的童话永不破灭,可孩子总有长大的一天,或早或晚……

每天面对她那双洞穿一切的亮眼睛,真不是件轻松的事。

太阳哭了吗?

今年的夏天是多年来德国同时期最酷热的,整个夏天干旱少雨,花园的草坪纵使每天都按时浇灌,又怎抵挡那炎炎烈日的曝晒?花儿蔫了,草儿黄了,就连路旁的大树都难以幸免,收音机里政府部门发出了紧急动员,号召居民每天自觉为自家门前的大树浇三桶水。

连日的炎热使得这个夏天尤其漫长,德国人一改以往夏日里欢天喜地晒太阳的习惯,心里似乎也在默默求雨了。企盼中,一场透雨总算从天而降。大雨中,我家姐子拍着小手雀跃着:「太阳哭了,太阳哭了……」我问她:「太阳为什么哭了?」姐子不假思索地回答:「因为小草太渴了!」

小草渴了,太阳哭了,降下一场甘霖,滋润世间万物,多么深刻的哲理,多么浅显地表白,这就是我家四岁姐子的逻辑。

堵上我的嘴，妞妞怎么长大呀？

我家妞子平时一到商场就张罗要巧克力蛋，爱吃那层薄薄外壳的同时，里面各种各样的小玩具也是她所期盼的。由于今年的暑期过长，巧克力蛋那层糖衣太薄，很多商场怕天热导致那层薄薄的糖衣融化，暂时都不进货，所以妞子已经很长时间没吃到巧克力蛋了。

今天下午，我把妞子从幼稚园接回来后就直接带她去超市买东西，她一眼就看到了收银员身边货架上的巧克力蛋，就嚷着要。我耐着性子和她讲道理：「妈妈会给你买的，可是妈妈还要买一些其他东西，如果现在拿给你会被你的小手玩软的，等交完钱就不好吃了。」然而任凭我磨破嘴皮子她还是听不进去，哭哭咧咧的就是执着地喊着要「玩具蛋蛋」。此时的我也被她闹得失去了耐性，脱口对她说：「好了好了，我马上买给你，好把你的小嘴巴堵上。」本指望让她安静下来，没想到妞子一听，反倒大哭起来，一边哭还一边委屈地反问我：「呜呜呜……妈妈为什么要堵我的嘴巴？呜呜呜……你把我的嘴巴堵上了，我就不能吃东西了，妞妞怎么长大呀？呜呜呜……」

「期了吗？」

妞子五岁了，不再是那个事事都要人关照的小BABY，有时去幼稚园接她晚了一些，她也不会板着小脸落落寡欢的，而是忙着帮老师收拾玩具，然后再自己把外衣穿好，静静地坐在

更衣室的小椅子上等妈妈。回到家里，她往往是脱掉外衣就自己搬个小凳子、踮着小脚到冰箱里找酸奶吃。找到后，一定要先拿给妈妈看，然后一本正经地问我：「期了吗？」如果我说：「没有，是妈妈刚买来的。」她就会乐颠颠地用小勺往嘴巴里送，反之就会毫不犹豫地丢进垃圾箱。尽管我多次给她纠正：「不是『期了』，是『过期』呀宝贝！」可是下回她拿出酸奶，仍然举到我面前问：「期了吗？」

和「男朋友」吵架了

　　五岁的德国小男孩迈克是妞子在幼稚园的小朋友，他长得超级可爱，好像什么都是圆乎乎的：圆圆的脑瓜儿圆圆的大眼睛，圆圆脸蛋儿圆圆的鼻头，甚至两只小手都生得圆鼓鼓胖乎乎的，难怪妞子平时喜欢和他一起搭伴玩耍。每天早餐时，迈克都要替妞子占座位。傍晚时分，如果迈克的家长接他时比我早到，他一定不走，坚持陪妞子直到我出现。在这之前，妞子一直是不愿意去幼稚园的，自从和迈克作了朋友后，每天晚上临睡前都问我：「明天我还去幼稚园和迈克玩吗？」听到我肯定的回答方能安然入睡。上个周末，妞子回家突然说不要去幼稚园了，我忙问究竟，妞子竟然用德文一本正经地告诉我「我和我的男朋友吵架了，我再也不理他了！」她用的字眼Freund，这个词在德文里的通常的意义可不就是男朋友嘛，只不过从五岁的小妞子嘴里说出来感觉上总是煞有介事地好笑。我也故作一本正经地追问她：「你是说迈克吗？你为什么要和

他吵架呀？」妞子义愤填膺地回答：「他把我的玩具扔到地上还不拣起来！」

是我的鞋子没擦干净吗？

　　前天是西方传说当中圣诞老人的代言人尼古劳斯夜晚来为小朋友送惊喜的日子，不可原谅的是，我这个当妈的竟然把这么重要的日子给忘到九霄云外去了。早晨匆匆忙忙把妞子送到幼稚园，晚上接她回家时，妞子从小背包里拿出一个彩纸包，打开一看，只见里面包着一袋糖果和一只桔子。妞子对我说，这是幼稚园的尼古劳斯送给她的。我这时才想起来自己的疏忽，正不知如何解释呢，妞子问我：「妈妈，小朋友都说早晨起来在鞋子里找到了礼物，就我没有，是我的鞋子没擦干净吗？」她这句问话反倒给了我一个台阶下，我忙点头应道：「是呀是呀，今天妈妈帮你把鞋子擦擦干净，你是个乖孩子，尼古劳斯怎么会不给你礼物呢？明天早晨你肯定会找到礼物的！」听了我的安慰，妞子高高兴兴地把她的小鞋子擦了又擦摆放在门口。这时，我乘机溜出门去，到超市给她买来了她喜欢的巧克力，为了弥补自己的过失，专挑最好的牌子拣。趁夜深人静妞子熟睡之时，我又一次充当了妞子的尼古劳斯，蹑手蹑脚地把巧克力塞进她擦好的鞋壳里，由于包装大她的鞋子小塞不进去，我只好把她的鞋带解开总算稳稳当当地塞了进去，只盼第二天的清晨能给妞子一个惊喜。

早晨起来，妞子惦记着门外的鞋子，几次要跑出去看都被我拉回来，我说，你是乖孩子，要先穿衣洗脸，等一会上幼稚园穿鞋出门时就会知道了。她果然乖乖地把该做的都做完，然后迫不及待地穿好衣服，又跑到门外找鞋子。这时，我听到了意料之中的欢叫：「妈妈，尼古劳斯真的给我礼物了，你看呀你看呀！」

这会儿满意了！

说着举到我面前又追问道：「我真的是乖孩子吧？」冲着她可爱的小模样，我及时地按下了快门，记录了小女惊喜的瞬间。

孩子的快乐就是这么单纯，只要我们当父母的稍微多付出一点时间和爱心，就会为他们带来无穷的乐趣。这种乐趣看似简单，却能给他们带来终身的回味……

圣诞老爷爷今天来

自妞子懂事以来，每年的圣诞夜我都会和有孩子的朋友们一起，给他们创造个有关圣诞老爷爷的美丽童话，让孩子们在节日里有个惊喜，有个盼望。一连几年的圣诞之夜，我们家里都是宾客盈门，孩子们的欢声笑语都要把房盖掀开了。今年的圣诞原计划也不例外，遗憾的是，圣诞之前，以前聚会的骨

干家庭，一家游学美国了，一家因国内父母家里有急事突然回国，另一家夫人身染小恙身体在痊愈阶段需要静养，不由得感叹时光荏苒，天下没有不散的筵席呀！

今年就剩下妞子和她的小表姐眼巴巴地等待圣诞老人了，眼看圣诞的钟声就要敲响，圣诞老爷爷的人选还没确定，真急人。令人感动的是，我们的一位朋友听说妞子的盼望后，二话不说，就在圣诞之夜驱车近一个小时从老城区风尘仆仆地赶来，因担心在精灵的妞子面前穿帮，他还特意置办了一顶带霓虹灯帽沿的圣诞帽，期望那一闪一闪的霓虹灯能把妞子的注意力吸引过去，不再揣测白胡子后面的真面孔。为了以假乱真，朋友还特意摘下了他的深度近视镜，换上了一个大墨镜，这样一来，把个原本壮壮实实的「圣诞老爷爷」就显得有些鬼头鬼脑的，他在露台一现身，还没容妞子和小表姐惊喜呢，大人们就忍不住笑开了怀。因为今年参加聚会的小孩子就两个，为了助兴，我把送给大朋友们的礼物也一并包好交给了「圣诞老人」派发，这下可真是难为了这位高度近视又遮个大黑墨镜的「老爷爷」，只见他夸张地把礼物凑近眼前，一会儿把「小于」读成「小干」，一会儿又把「大强」读成「大弓苔」，把大家的肚子都笑疼了。礼物发完，妞子兴高采烈地和小表姐忙着一样样地拆看，我见两个小姑娘并未向去年一样对圣诞老爷爷提出质疑，总算松了一口气。

扮演圣诞老人的朋友刚一出门，就急不可待地一把扯下头上的闪着霓虹灯的圣诞帽和白花花的大胡子，只见他的头发已

经被汗水浸成了一绺一绺的，他大口地喘着粗气笑着感叹道：
「如今的孩子是越来越难骗了，这圣诞老爷爷还真不是谁都能
当的！」

　　每年的这个时刻，都是妞子最盼望最快乐的！

莉莉和小表姐拆看圣诞礼物

妞子六岁了！妞妞上学了！

　　今天是妞子刚满六周岁的生日。今年的9月1日是妞子踏入
校门的第一天，也就是说，那天，她还未满六周岁呢。那天，
开学典礼结束后，小小的妞子背着她硕大的书包在老师的带领
下去认识教室，没走几步，就被大书包压了个跟头，惹得别的
家长们都怜爱地笑起来。那天，我决定自己要改掉睡懒觉的习

惯，每天一大早，要替小妞扭拎书包了，这一拎还不知要拎几年呢。

上课第一天，我放心不下娇滴滴的姐姐，竟然一连往学校跑了四趟，后来姐姐看到我就抗议道：「妈妈，我已经是Schulekind了，不再是小BABY！」我心说，姐姐呀，妈妈又何尝不知道你已经慢慢长大，可你每一段新生活的开始，不都需要妈妈的悉心牵引吗？哪怕你觉得妈妈的关心是夸张多余的，妈妈的目光依然在追随着我亲爱的女儿每一步成长的脚印。

今天是姐姐的生日，可她却拒绝我帮她拎书包，执意要自己背着上学放学，怕我说她会把背压弯，还故意把小身板挺得笔直。姐姐，姐姐，虽然你是学龄孩子了，可你真得就一下子长大了吗？不，肯定不是，你还那么弱小，我不但担心你能不

能背得动身上的大书包，甚至还担心，课堂上你究竟能不能听得懂老师在讲什么，还有体育课的跑步跳跃累不累，Hort（课后班）里的饭菜能不能吃得下。虽然妈妈的担心那么多那么多，可你依然要自己面对，因为，这是你成长道路上不可回避的环节……

变敌为友

为了锻炼妞妞的中文表达能力，在家里我一直坚持用中文和她交流，所以，她一直认为妈妈是不会讲德文的，讲也讲不好，她总是骄傲地对她的小朋友说：「我妈妈会说一点点德语，我会说很多很多德语。」我也就顺水推舟地随她这么认为。直到不久前的一天，妞妞在hort里受了委屈回家哭诉说，一个高年级的大胖小子名叫马克西姆，多次用手狠狠地捏她的脸蛋，她不敢去hort了，哭咧咧地求我放学就接她回家。我安慰她说：「别怕，妈妈相信他是和你闹着玩的，今天我会和你一起去hort找马克西姆谈这件事。」妞妞犯愁地叹了一口气说：「可他是个『德语』孩子呀，听不懂你的话，怎么办呢？」我说：「放心吧，到时候妈妈有办法让他听得懂。」六岁的妞妞虽然不再像三岁时说出「不你的，我的！」这样的奇怪句式，但说中文又有了新的问题，她一直把德国人叫「德语人」。

第二天，我早早来到hort里，让妞妞指给我哪个是那个名叫马克西姆的大胖男孩，然后也没通过老师，一直走到那孩子跟前，很和善地对他说：「妞妞说你总是掐她的脸蛋，她很害

怕，都不敢来这里了，我告诉她你是在和她闹着玩呢，她不信，我现在就想知道你是不是在和她闹着玩。」那男孩先是很紧张，听我这一问，马上回答说：「是呀是呀，我是和她闹着玩的！」我说：「我也相信你是个好孩子，可是你那种玩笑的方式她不理解，还很害怕，因为她还小嘛，以后你可不可以当她的好朋友，不要让她怕你，而是让她喜欢你？」胖男孩像是受到了鼓舞，使劲地点头，然后走到妞妞面前很诚恳地说：「妞妞，对不起，以后我不再做你不喜欢的事了！」处理好孩子的小纠纷后，我也舒了一口气，放心地离开了学校。晚上接妞妞回家时，她很开心地告诉我，那个男孩对她很好，一直在照顾她，甚至别的孩子对妞妞不好他都去打抱不平，俨然成了妞妞的小保护神了。妞妞还很吃惊地对我说：「妈妈，原来你会说德语呀，马克西姆连老师的话都不听，可他听你的话呢！」从那以后，妞妞再没吵着不去hort。

司牙仙子

　　爱吃甜食的妞妞出了蛀牙，第一次堵牙时她不明就里，加上对诊所的设备很好奇，清洗打钻虽然不好受，和牙医还算配合，整个过程没出什么大的状况。令我们没想到的是，到第二次就诊时，她就有了防备，先是央求我能不能不去看牙医，被我拒绝后，吃饭时她一反常态，再也不嚷嚷牙疼，而是饭量大减。我很清楚她的小心眼儿里在想什么，她以为只要自己不叫牙疼就会不去看牙医了，可是即使不叫，牙还是疼的，尤其

是吃饭的时候,所以为了避免牙疼,她就只能减少饭量了。虽然她已经到了退牙的年龄段,再忍一段时间,虫牙自己也会脱落,但在这之前,她的身体发育就会大受影响。在我们软硬兼施利益诱惑都无济于事,甚至一连换了三个牙医都没办法让妞子张开她的小嘴巴的情下,我们只好听从了医生的建议,为了一颗小小的蛀牙,给她实施了全身麻醉。这一项医疗保险是不给报销的,为了她的健康成长,她这颗小虫牙不但让我们付出了昂贵的医药费,麻醉过程中,我的心理也受到了强烈的冲击,因为妞子大哭大闹地拼命抵抗着不配合,我和她爸爸只好帮着麻醉时来控制她,直到由于麻醉的作用她的哭喊逐渐微弱下去……那一刻,我忽然感到自己是个狠毒的母亲,在娇弱的女儿最无助最需要护佑的时候,竟然伙同麻醉师来迫害自己的孩子,我辜负了妞子对我的信任和依赖……想到这里,我情绪失控地嚎啕大哭起来,也不知是怎样被护士拖到候诊室的。

妞子伤筋动骨地这一折腾,也让疼爱她的爸爸元气大伤,妞子爸关照医生,索性趁她睡着,一不做二不休,把几年内还不能退掉的两颗最重要的槽牙用坚实的金属材料镶上,这样在妞子退牙之前就不会再受蛀牙的困扰了。

令人庆幸的是,也许是麻醉的作用,在我看来如梦魇的一幕,妞子醒来后竟然全无印象了。当她意识到她的虫牙已被彻底拔除并在枕下发现了装有小牙的盒子时,还天真地问我:「妈妈,是不是在我睡着的时候,Zahnfee(传说中的司牙仙女)来看我了?」我受到启发,顺水推舟地把给她拔牙镶牙的责任掼到了仙子的头上。这下可好了,每每在她大笑时,有人

好奇地问起她那两颗明晃晃的小银牙是怎么回事的时候，她就绘声绘色地把我原本专为她编排的「仙子来访」的故事讲给人家听。

苹果汁和牛奶打架了

纯苹果汁是妞子最爱喝的饮料，一次妞子妈妈不当心，在她刚喝完苹果汁后又给她喝了牛奶，造成了妞子闹肚子。从那以后，妞子自己长了记性，喝完果汁再不会要牛奶喝了，她说：「苹果汁和牛奶不是好朋友，他们会在我的肚肚里打架的，他们打架时我就会肚子疼。」

多干净的云朵呀

2002年的夏天，我曾带妞子坐过飞机去日本度假，不过那时她才几个月大，早忘了坐飞机的滋味了。今年夏天，我们乘飞机去美国时，不满七岁的她似乎才对飞机有了感觉，一路上她一直很兴奋，不时地把小脸贴在玻璃窗上，惊奇地观看轩窗外的天空。当飞机穿过团团白云时，妞子惊讶地指着窗外叫道：「妈妈快看，多干净天空呀，多干净的云朵呀！」

多干净的云朵呀！

飞机着陆的疑惑

从德国的柏林到美国的纽约，经过将近八个小时的飞行，飞机终于下降了。这时，妞子紧张地抱住我说：「妈妈，你可不可以要一个大伞？」我问：「要大伞做什么？」她哭唧唧地说：「这么高，我一个人不敢跳呀，你要个大伞，抱着我一起往下跳呀！」我这才意识到，妞子根本不知道飞机如何着陆，还以为大家都要跳伞呢，一定是从电视里一知半解地看来的。我安慰她说：「别怕，我们谁都不需要跳伞，一会儿飞机自己就下去了。」妞子仍然不理解，一直瞪着大眼睛望着窗外，直到飞机平安着陆，她才松了一口气，如梦方醒地说：「原来大飞机能变成汽车呀！」

後记

我有一个好妈妈

▶ ▶ ▶ 李自妍（15岁）

「我的妈妈是世界上最好的妈妈！」我想，所有的孩子都会这么认为。当然，我也不例外，因为，我觉得我的母亲很不同。

我的妈妈做人很简单，想什么就是什么，想做什么就去做，说话办事儿从来不会拐弯抹角，也不会耍心眼儿，所以她的性格很像一个不懂世故的、很天真的二十五、六岁的小丫头，谁能想到她已经是一个四十左右，给两个懂事的女儿做妈妈的人了！

在家里，她是一位合格的家庭主妇，她不像普通的家庭妇女一样只是守着家，看孩子，做家务，晚上烧好饭等老公回来一起吃，累得闷闷不乐，还一肚子牢骚话。我的妈妈兴趣很广泛，不愉快的事情从不往心里去。比如有一天爸爸在家烤肉，妈妈在厨房做沙拉，我站在妈妈的旁边和她一边聊天，一边看着她做沙拉。我们本来很高兴，但是聊着聊着她就说我不爱帮她做家务，我顶了她几句，惹得她很生气，就说不想吃晚

饭了，生气时吃烤肉对身体不好，说着就背着健身包出了门。我以为她马上就会回来的，可是过了二十分钟她还没回来，我就开始自责了，于是我飞快地骑着自行车想要尽快找到妈妈，毕竟她没吃饭也没带钱出门。我到她常去的健身房找了很长时间也没找到她，就只好骑车回家，希望妈妈已经回到家里了。过了一会儿，妈妈果然脸蛋红扑扑地回来了，还没等我开口问她，她就兴致勃勃地说：「蒸桑拿真舒服呀，可饿坏了，可惜那里没有吃的东西！」我本来要向她道歉的，一看她那津津有味吃烧烤的样子，就知道她早就不记得自己为什么跑出去了。以后我也要学妈妈：不要把不愉快的事情总是放在心上，像她那样生活一定很开心。

很多人花钱找娱乐，可是妈妈的娱乐居然能挣到钱，因为她把个人爱好和工作结合到一起了，这使妈妈在工作中得到了很多快乐。

妈妈是一个电影迷，无论多忙，每年的柏林电影节她都一定会参加，电影节期间是她一年里最兴奋的时光。每当她看完一部电影，不管见到谁她都拉着人家大谈这部电影，然后就一定会写出一篇文章谈她的感受。写多了，电影节就每年都邀请她当特约记者。当然，要写出一篇好文章必须得把一部片子看懂了。妈妈有一天借了一片电影光碟，那就是她在电影节上没有完全看懂的一部片子，当时我看了光碟上的说明后，提醒妈妈：「这可是专门为聋哑人制作的！」妈妈听了却很高兴，说：「太好了，那样的话字幕就会写得很详细！」我反驳她：「可你又不是聋子！」妈妈反问我说：「我的英语不好，看英

文原版电影不就相当于聋子吗？」结果她捧着词典对照字幕，不但一句一句地反复看，还一句一句地写下来，她把演员的一举一动甚至小细节都写得很详细。就这个样子，一部不到三个小时的影片她看了整整两夜。看着妈妈做的厚厚一本电影笔记，我猜想她一定比那部电影的导演做的都详细！如果我学中文有这种态度，妈妈一定会很高兴的。

现在，爱好看电影和写作的妈妈还有很多学生，他们都是热爱中国文化的人。

你想认识这位又是作家，又是记者，又是中文老师，又是一个很可爱的母亲吗？只要你手里有一份德国的中文报纸，也许就会认识她，因为她的文章和身影经常在好多家杂志报纸上出现呢！

＊注：露露的获奖文章，该文获得2007年度世界华人学生作文大
　　赛一等奖。

国家图书馆出版品预行编目

三百六十分多面人 / 黄雨欣着. -- 一版. --
台北市；秀威资讯科技, 2009.11
　　面；　公分. --(语言文学类；PG0312)
简体字版
BOD版
ISBN 978-986-221-338-4(平装)

1. 旅游文学　2. 德国
855　　　　　　　　　　　　　98019978

语言文学类　PG0312

三百六十分多面人

作　　　者 / 黄雨欣
发　行　人 / 宋政坤
执 行 编 辑 / 黄姣洁
图 文 排 版 / 郭雅雯
封 面 设 计 / 陈佩蓉
数 位 转 译 / 徐真玉　沈裕闵
图 书 销 售 / 林怡君
法 律 顾 问 / 毛国梁　律师
出 版 印 制 / 秀威资讯科技股份有限公司
　　　　　　台北市内湖区瑞光路583巷25号1楼
　　　　　　电话：02-2657-9211　传真：02-2657-9106
　　　　　　E-mail：service@showwe.com.tw
经　销　商 / 红蚂蚁图书有限公司
　　　　　　台北市内湖区旧宗路二段121巷28、32号4楼
　　　　　　电话：02-2795-3656　传真：02-2795-4100
　　　　　　http://www.e-redant.com

2009 年 11 月　BOD 一版
定价：300 元

·请尊重着作权·
Copyright©2009 by Showwe Information Co.,Ltd.

讀　者　回　函　卡

感謝您購買本書，為提升服務品質，煩請填寫以下問卷，收到您的寶貴意見後，我們會仔細收藏記錄並回贈紀念品，謝謝！

1. 您購買的書名：_____

2. 您從何得知本書的消息？

　　□網路書店　□部落格　□資料庫搜尋　□書訊　□電子報　□書店

　　□平面媒體　□ 朋友推薦　□網站推薦 □其他_____

3. 您對本書的評價：(請填代號　1.非常滿意 2.滿意 3.尚可 4.再改進)

　　封面設計____　版面編排____　內容____　文/譯筆____　價格____

4. 讀完書後您覺得：

　　□很有收獲　□有收獲　□收獲不多　□沒收獲

5. 您會推薦本書給朋友嗎？

　　□會　□不會，為什麼？_____

6. 其他寶貴的意見：_____

_____

_____

_____

讀者基本資料

姓名：_____ 年齡：_____ 性別：□女 □男

聯絡電話：_____ E-mail：_____

地址：_____

學歷：□高中(含)以下　　□高中　　□專科學校　　□大學

　　　□研究所(含)以上 □其他_____

職業：□製造業 □金融業 □資訊業 □軍警 □傳播業 □自由業

　　　□服務業 □公務員 □教職　□學生 □其他_____

請貼
郵票

To：114

台北市內湖區瑞光路 583 巷 25 號 1 樓

秀威資訊科技股份有限公司　　　收

寄件人姓名：

寄件人地址：□□□

(請沿線對摺寄回,謝謝!)

秀威與 BOD

BOD（Books On Demand）是數位出版的大趨勢，秀威資訊率先運用 POD 數位印刷設備來生產書籍，並提供作者全程數位出版服務，致使書籍產銷零庫存，知識傳承不絕版，目前已開闢以下書系：

一、BOD 學術著作—專業論述的閱讀延伸
二、BOD 個人著作—分享生命的心路歷程
三、BOD 旅遊著作—個人深度旅遊文學創作
四、BOD 大陸學者—大陸專業學者學術出版
五、POD 獨家經銷—數位產製的代發行書籍

BOD 秀威網路書店：www.showwe.com.tw
政府出版品網路書店：www.govbooks.com.tw

永不絕版的故事·自己寫·永不休止的音符·自己唱